HÉSIODE ÉDITIONS

LEONID ANDREÏEV

Le Gouverneur

Hésiode éditions

© Hésiode éditions.

1 rue Honoré - 93500 Pantin.
ISBN 978-2-493135-22-3
Dépôt légal : Septembre 2022

Impression Books on Demand GmbH

In de Tarpen 42
22848 Norderstedt, Allemagne

Le Gouverneur

I

Quinze jours déjà s'étaient écoulés depuis l'événement, et sa pensée y revenait sans cesse, comme si le temps lui-même s'était arrêté, telle une horloge détraquée, et fût resté sans effet sur sa mémoire. Quand il se mettait à réfléchir à des faits lointains, étrangers, sa pensée effrayée retournait en quelques secondes à l'évènement et se débattait, comme si elle eût heurté une haute muraille de prison, sourde et sans écho. Quelles voies bizarres elle prenait, cette pensée ! Evoquai-t-il son voyage en Italie, plein de soleil, de jeunesse et de chansons, revoyait-il l'image d'un lazarone quelconque, immédiatement se dressait devant lui la foule des ouvriers ; il entendait des coups de fusil, respirait l'odeur de la poudre et du sang. Si un parfum venait frapper ses narines, il se souvenait aussitôt de son mouchoir, qui était aussi parfumé quand il s'en était servi pour donner le signal de tirer. Les premiers temps, ces associations d'idées lui parurent logiques et compréhensibles, l'agacèrent sans l'inquiéter ; mais il arriva bientôt que tout lui rappela l'événement, d'une façon importune et stupide, douloureuse comme un coup reçu à l'improviste. Se mettait-il à rire, il lui semblait que son rire autoritaire venait de quelqu'un d'autre, et il apercevait soudain avec une netteté révoltante un cadavre quelconque, bien qu'au moment de la fusillade il n'eût pas songé à rire, pas plus que les autres. Écoutait-il les gazouillis des hirondelles à la nuit tombante, regardait-il une chaise, une simple chaise de chêne, étendait-il le bras pour prendre du pain... tout faisait renaître à ses yeux la même image ; un mouchoir blanc agité, des coups de feu, du sang. On aurait dit qu'il vivait dans une chambre pourvue de milliers de portes derrière lesquelles il revoyait sans cesse le même tableau : un mouchoir blanc agité, des coups de feu, du sang.

En eux-mêmes, les faits, quoique tristes, étaient très simples : les ouvriers d'une fabrique des faubourgs, en grève depuis trois semaines, quelques milliers d'hommes accompagnés de femmes, de vieillards et d'enfants, étaient venus lui exposer leurs revendications ; comme gouverneur, il lui était impossible de réaliser ces demandes. Les grévistes s'étaient conduits d'une manière provocatrice et insolente : ils s'étaient mis à crier, à injurier les fonctionnaires ; une femme qui avait l'air folle l'avait tiré par sa manche avec tant de violence, que la couture de l'épaule avait cédé. Puis lorsque ses compagnons l'avaient entraîné jusqu'au balcon – car il voulait parler à la foule pour l'apaiser – les ouvriers avaient jeté des pierres, brisé plusieurs vitres de la maison et blessé le préfet de police. Alors il s'était fâché et avait agité son mouchoir.

La foule était si excitée que la salve avait dû être répétée ; il y avait beaucoup de morts : quarante-sept ; parmi eux neuf femmes et trois enfants, trois fillettes. Les blessés étaient encore plus nombreux.

Obéissant à une étrange curiosité, angoissante et irrésistible, et malgré les instances de son entourage, il était allé voir les morts, entassés dans le hangar des pompes à feu, à côté du commissariat de police. Évidemment il n'aurait pas dû y aller, mais, pareil à celui qui a tiré un coup de feu imprudent et sans but, il avait besoin de rattraper la balle, de la saisir de ses mains, il lui semblait qu'en allant regarder les victimes, il y aurait quelque chose de transformé et d'amélioré.

Il faisait sombre et frais, dans le long hangar ; les cadavres étaient alignés en deux rangées régulières, recouverts d'une toile goudronnée grise, comme pour une exposition ; sans doute, on s'était préparé à la visite du gouverneur, et on avait disposé les morts de la façon la plus correcte, épaule contre épaule, visages vers le ciel. La toile recouvrait la partie supérieure du corps et la tête ; les pieds seuls étaient visibles, comme pour faciliter le compte, des pieds immobiles, les uns chaussés de bottines ou de souliers éculés, déchirés, les autres nus et sales, étrangement clairs, sous la boue et le hâle. Les fillettes et les femmes gisaient à part ; et dans cette disposition on sentait encore le désir de rendre l'examen et le compte des cadavres aussi commode que possible.

Tout était tranquille, trop tranquille pour une telle foule de gens ; et les vivants qui entraient ne parvenaient pas à dissiper ce silence. Derrière une mince cloison de planches, un palefrenier s'affairait autour des chevaux ; il ne se doutait pas qu'il y avait quelqu'un, d'autre que les morts, de l'autre côté de la cloison, car il parlait à ses chevaux paisiblement et d'un ton amical :

– Eh ! mes vieux ! Restez donc tranquilles, quand je vous parle !

Le gouverneur regarda les rangées de pieds qui se perdaient dans l'ombre, et dit d'une voix basse, en chuchotant presque :

– Oh ! mais il y en a beaucoup !

L'adjoint du commissaire, très jeune, au visage imberbe et couperosé, s'avança et annonça à haute voix en portant la main à la visière :

– Trente-cinq hommes, neuf femmes et trois enfants, Excellence !

Le gouverneur fronça les sourcils d'un air furibond et l'adjoint du commissaire, après avoir salué, fit quelques pas en arrière. Il aurait voulu que le gouverneur remarquât le petit chemin soigneusement balayé et saupoudré d'un peu de sable, aménagé entre les cadavres, mais le gouverneur ne voyait rien quoiqu'il regardât à terre.

– Trois enfants ?

– Trois, Excellence ! Faut-il enlever la toile ?

Le gouverneur ne répondit pas.

– Il y a des personnes de tout rang, Excellence ! insista respectueusement l'adjoint qui, prenant le silence pour un acquiescement, lança un ordre : « Ivanof, Sidortchouk, vite, prenez ce bout-là, allons ! »

La toile grise et maculée glissa avec un petit bruit et l'une après l'autre apparurent les taches blanches des visages, barbus et vieux, jeunes et glabres, tous différents, mais reliés entre eux par la terrible ressemblance que donne la mort. Les blessures et le sang n'étaient qu'à peine visibles, dissimulés sans doute par les vêtements ; seul un œil crevé par les balles, noircissait un visage d'une façon bizarre et pleurait des larmes sombres, semblables, dans l'obscurité, à du goudron. La plupart avaient le regard blanc ; les uns clignotaient, tandis qu'un autre se couvrait le visage d'une main, comme pour se protéger d'une trop forte lumière ; et l'adjoint du commissaire regardait d'un air de martyr ce mort qui violait l'ordre. Le gouverneur savait sans doute que ces gens-là se trouvaient aux premiers rangs de la foule ; il les avait probablement regardés tandis qu'il les haranguait, mais il ne pouvait reconnaître personne. La mort leur avait donné un air nouveau qui les rendait tous pareils. Ils gisaient immobiles, collés à la terre comme des statues de plâtre, dont un flanc est aplati pour qu'elles soient mieux d'aplomb ; mais cette immobilité semblait factice, trompeuse. Ils se taisaient et leur silence était aussi prodigieux que leur immobilité ; ils avaient un air tellement attentif qu'on était gêné de parler devant eux. Si tout d'un coup, la ville avec ses allants et venants s'était pétrifiée, si le soleil s'était arrêté, si le feuillage avait cessé de bruire, si la vie universelle s'était figée – tout cela aurait sans doute eu le même caractère de mouvement interrompu, d'attente soutenue, d'énigmatique préparation à on ne sait quoi.

– Excellence, permettez-moi de vous demander s'il faut faire creuser des tombes ou les enfouir à la fosse commune ? demanda à haute voix l'adjoint, sans deviner les pensées qui agitaient le gouverneur ; la gravité des événements, la confusion générale, autorisaient, selon lui, une certaine dose de familiarité respectueuse ; en outre il était jeune.

– Quelle fosse commune ? demanda le gouverneur d'une voix indifférente.

– C'est un grand trou, Excellence !

Le gouverneur se détourna vivement et se dirigea vers la porte ; quand il monta en voiture, il entendit encore un grincement de verrous rouillés : on enfermait les morts.

Le lendemain matin, toujours poussé par la même curiosité angoissante et le désir de ne pas laisser s'achever et s'accomplir ce qui était déjà accompli et achevé, il visita les blessés à l'hôpital de la ville. Les morts, eux, l'avaient regardé, mais les blessés s'y refusaient ; dans l'obstination avec laquelle ils détournaient les yeux, il sentit combien ce qui s'était passé était irrévocable. Quelque chose de formidable s'était réalisé, et il était désormais inutile de tendre la main.

Et depuis ce moment-là, le temps semblait s'être arrêté pour le gouverneur, quelque chose était survenu, dont il ne pouvait trouver ni le nom, ni l'explication. Ce n'était pas le remords – il se sentait dans son droit – ce n'était pas non plus de la pitié, ce sentiment doux et tendre qui arrache des larmes et couvre le cœur d'un voile chaud et souple. Il pensait avec calme aux tués, aux enfants eux-mêmes, comme s'ils avaient été en papier mâché ; pour lui, c'étaient des poupées cassées, et il ne pouvait pas se représenter leurs douleurs et leurs souffrances. Mais il ne pouvait s'empêcher de penser à eux, sans cesse il voyait avec netteté ces effigies de papier mâché, ces poupées brisées, et il y avait en cela une obsession terrible pareille aux envoûtements dont parlent les nourrices.

Pour tout le monde, quatre, cinq, sept jours s'étaient écoulés depuis l'événement, mais pour lui, il lui semblait toujours être parmi les coups de feu, en train d'agiter son mouchoir blanc et de sentir que quelque chose d'irrévocable s'accomplissait, s'était accompli.

D'ailleurs il était persuadé qu'il se calmerait vite, oublierait ce qu'il était stupide de se remémorer, si son entourage s'inquiétait moins de lui.

Mais dans la manière d'agir de ses familiers, dans leurs regards et leurs gestes, dans leurs paroles respectueusement sympathiques, pareilles à celles que l'on adresse à un malade incurable, se manifestait la ferme assurance qu'il pensait, qu'il ne pouvait pas ne pas penser à ce qui était arrivé.

Le surlendemain, le préfet de police avait fait un rapport rassurant pour lui apprendre que deux ou trois blessés s'étaient guéris et sortaient de l'hôpital. Marie Pétrovna, la femme du gouverneur, effleurait chaque matin de ses lèvres le front de son mari, pour voir s'il avait la fièvre ! comme s'il eût été un enfant malade pour avoir trop joué avec la mort ! Quelles fadaises ! Une semaine après l'événement, l'éminent évêque Missail lui-même était venu lui rendre visite, et dès les premières phrases, il était évident que celui-ci pensait aussi aux mêmes choses que lui et voulait calmer sa conscience de chrétien. Il appela les ouvriers des malfaiteurs, le gouverneur un pacificateur et eut l'amabilité de ne citer aucun texte banal et usé sachant que Son Excellence ne prisait pas beaucoup l'éloquence de la chaire. Et ce vieillard, qui mentait sans nécessité devant son Dieu, sembla répugnant et pitoyable au gouverneur.

Dans la conversation, comme l'évêque tendait l'oreille à son interlocuteur, celui-ci, rouge de colère – il sentait une bouffée de chaleur lui troubler les yeux – cria d'une voix de stentor dans l'orifice délicat et exsangue, couvert de poils gris, qui se penchait vers lui :

– Oui, ce sont des scélérats. Mais, à votre place, Éminence, je ferais célébrer un service funèbre en l'honneur des morts.

L'évêque éloigna son oreille, se frotta le ventre de ses mains sèches comme des pattes d'oie et répondit doucement en baissant la tête :

– Il y a des épines dans toutes les situations. À votre place. Excellence, je n'aurais pas fait ouvrir le feu et ainsi le clergé n'aurait pas eu la peine de dire des messes pour le repos de ces âmes. Mais, que faire avec ces gredins !

Puis il donna aimablement sa bénédiction, et marcha vers la porte dans le froufrou de sa robe de soie ; il avait l'air de saluer et de bénir tout ce qui passait à côté de lui. Dans le vestibule, il mit un temps infini à s'habiller et à enfiler des caoutchoucs profonds comme des vaisseaux tout en tournant l'oreille de droite et de gauche, et il répétait avec une amabilité persuasive au gouverneur qui l'aidait à se vêtir, dissimulant son dégoût sous un air poli :

– Ne vous donnez pas la peine, Excellence, ne vous donnez pas la peine !

Et là, encore, on eût dit que le gouverneur était un malade incurable, auquel tout effort est nuisible.

Le même jour arriva de Pétersbourg, en congé d'une semaine, le fils du gouverneur, un officier ; bien que celui-ci n'attachât aucune importance à ce séjour inopiné et fût plein de gaîté et d'insouciance, on sentait que c'était toujours la même inquiétude incompréhensible au sujet de son père, qui l'avait fait venir. Il parla avec légèreté de l'événement, déclara qu'à Pétersbourg la fermeté et le courage de son père avaient excité l'enthousiasme, mais il conseilla avec insistance de faire venir des cosaques et de prendre des mesures.

– Quelles mesures ? demanda le gouverneur maussade et étonné ; mais il ne put obtenir de réponse nette.

Toute cette inquiétude était d'autant plus étonnante que, dès le jour de l'événement, le calme complet avait régné. Les ouvriers avaient aussitôt repris leur travail ; les obsèques s'étaient passées sans incident, malgré les craintes du préfet de police qui avait mobilisé toutes les forces dont il disposait ; rien ne faisait prévoir que des événements pareils à ceux du 17 août pouvaient se répéter. Enfin, le gouverneur reçut de Pétersbourg, en réponse à son rapport véridique, l'approbation flatteuse des autorités ; il semblait donc que tout était fini et allait tomber dans le passé.

Mais ce ne fut pas le cas. Comme s'il eût échappé au pouvoir du temps et de la mort, le cadavre, privé de sépulture, des événements passés, se dressait dans la mémoire du gouverneur. Chaque soir, il l'enfouissait dans la tombe ; la nuit s'écoulait, le matin venait et de nouveau une image pétrifiée : un mouchoir blanc, des coups de feu, du sang, renaissait en son esprit, commencement et fin de tout, et lui cachait le monde.

II

L'audience a pris fin depuis longtemps ; le gouverneur se prépare à retourner à sa villa et attend Koslof, le fonctionnaire chargé de missions spéciales, qui a été faire des achats pour la femme de son chef. Il est assis devant sa table de travail couverte de documents, mais il ne les feuillette pas, il réfléchit. Puis il se lève et, les mains dans les poches de son pantalon à bandes rouges, sa tête grise rejetée en arrière, il va et vient à grands pas fermes et martiaux. Il s'arrête à la fenêtre et dit à haute voix, en écarquillant un peu ses gros doigts :

– Mais qu'y a-t-il donc ?

Et il sent que tout à l'heure, il était simplement un homme comme tous les autres, mais que dès le premier son de sa voix, avec ce geste, il est redevenu le gouverneur, un général-major, une Excellence. Il éprouve une sensation désagréable, ses pensées s'éparpillent et, tirant sur son épaulette gauche, il s'éloigne de la fenêtre avec une démarche autoritaire. « C'est – ain – si – que – mar – chent – les – gou – ver – neurs » se dit-il bêtement, en marchant au pas, et il s'assied de nouveau, tâchant de ne pas remuer pour ne pas réveiller d'un mouvement imprudent le gouverneur qui dort en lui. Il sonne :

– Il n'est pas encore arrivé ?

– Non, Excellence.

Et tandis que le laquais, respectueusement incliné, prononce le titre, le gouverneur se souvient soudain des vitres brisées qu'il n'a pas encore vues. Non, il ne les a pas encore vues.

– Quand il viendra, fais-le entrer, je serai au grand salon.

Les cadres des hautes fenêtres se divisent en huit parties, à l'ancienne mode, ce qui les fait ressembler à celles d'une caserne ou d'un greffe de prison. Aux trois fenêtres les plus rapprochées du balcon, les vitres avaient été remplacées, mais elles étaient sales et gardaient des traces visqueuses de doigts et de paumes ; sans doute, personne parmi la valetaille nombreuse et fainéante n'avait eu l'idée de les laver, pour anéantir tout vestige de ce qui s'était passé. Et il en était toujours ainsi : les ordres étaient exécutés, mais personne n'aurait rien fait de sa propre initiative.

– Il faut laver cela aujourd'hui même ! Quelle horreur !

– Bien, Excellence !

Le gouverneur aurait voulu aller sur le balcon, mais il ne lui était guère agréable d'attirer l'attention des passants ; au travers des vitres crasseuses, il se mit à regarder la place sur laquelle se pressait alors la foule, où les coups de feu avaient retenti et où quarante-sept personnes agitées s'étaient transformées en cadavres immobiles, placés épaule contre épaule, visages vers le ciel, comme pour une revue.

Tout était calme. Devant la fenêtre se dressait un peuplier déjà coloré par l'automne, dont l'écorce se détachait par fragments ; plus loin, la place tranquille sommeillait sous le soleil. Peu de gens la traversaient et les petits cailloux ronds brillaient comme de fausses perles ; çà et là des brins d'herbe poussaient plus nombreux dans les creux et les rigoles. La place était déserte, muette, un peu naïve ; mais était-ce parce qu'il regardait au travers des vitres malpropres, tout semblait au gouverneur ennuyeux, stupide, infiniment triste et banal. Et bien que la nuit fût encore éloignée, le peuplier écorcé, les cailloux que personne ne foulait aux pieds, toutes ces choses avaient l'air de supplier la nuit de venir au plus vite pour éteindre la vie inutile sous son obscurité.

– Il n'est pas encore là ?

– Non, Excellence !

– Quand il viendra, faites-le entrer ici.

Probablement que le salon n'avait pas été remis à neuf depuis longtemps, car les luxueuses tapisseries étaient sales et enfumées ; les orifices de cuivre des poêles, dissimulés sous les tentures, laissaient échapper des torrents de fumée d'un jaune noirâtre. En hiver, à la lumière des lampes, en société, on ne remarquait pas ces défectuosités, mais maintenant, tout cela sautait aux yeux du gouverneur et cette indigence élégante le troublait. Un tableau – un paysage lunaire de l'école italienne – était suspendu de travers ; personne ne s'en était aperçu, il semblait qu'il avait toujours été suspendu ainsi, même sous le gouverneur d'avant et son prédécesseur. Les meubles de prix étaient usés, fanés, râpés, pleins de poussière ; en général, la pièce ressemblait à un salon d'hôtel de première classe, dont le propriétaire serait mort subitement et qui serait géré par des héritiers négligents et jamais d'accord. Il n'y avait rien de personnel dans cette pièce, jusqu'à l'album de photographies appartenant à l'État, ou à quelqu'un l'ayant oublié là, et qui, au lieu de portraits de parents et d'amis, contenait des vues de la ville, le séminaire et le palais de justice, un groupe de quatre fonctionnaires inconnus, deux assis et deux debout derrière les premiers, un archevêque décoloré et un trou rond qui allait jusqu'à la couverture.

– Quelle abomination ! dit le gouverneur à haute voix, en jetant l'album sur la table.

Il était resté debout pour regarder les photographies ; pivotant sur ses talons, ajustant son épaulette, il se remit à marcher à grands pas. Ainsi marchent les gouverneurs. Ain – si – mar – chent – les – gou – ver – neurs.

C'est ainsi qu'avaient marché, dans cet appartement banal le gouverneur précédent, et celui qui était venu là avant lui et d'autres encore, qu'on ne connaissait pas. Ils étaient venus on ne sait d'où, ils avaient marché à grands pas fermes ; le paysage de l'école italienne était déjà suspendu de travers, il y avait des réceptions, des bals ; puis, ces gens avaient disparu. Peut-être avaient-ils aussi fait tirer sur quelqu'un ? Une histoire de ce genre était arrivée sous l'avant-dernier gouverneur.

Un peintre d'enseignes, à la blouse maculée, un seau et des pinceaux à la main, traversa la place déserte qui retomba dans le silence. Une feuille jaunie et trouée se détacha du peuplier pelé et tomba à terre en tournoyant ; aussitôt un tourbillon s'éleva dans la tête du gouverneur ; un mouchoir blanc agité, des coups de feu, du sang. Des détails inutiles lui revenaient, la manière dont il avait préparé son mouchoir pour faire signe par exemple. Il l'avait sorti de sa poche, roulé en une petite pelote dure, et l'avait placé dans sa main droite ; puis il l'avait déplié avec précaution et vivement agité, non pas en haut, mais en avant, comme s'il eût lancé quelque chose, comme s'il eût lancé des balles. Et c'est alors qu'il avait franchi un seuil invisible et qu'une porte de fer s'était fermée pour toujours sur lui, avec un grincement de verrous rouillés.

– Ah ! c'est vous, Léon Andréiévitch ! Ce n'est pas trop tôt, je vous attends depuis longtemps.

– Excusez-moi, Pierre Ilitch, mais on ne peut rien trouver, dans cette infecte bourgade.

– Eh bien, allons, allons ! Ah ! écoutez ! – le gouverneur s'interrompit et reprit d'un air énervé, en arrondissant la bouche : « Pourquoi y a-t-il une telle saleté dans tous les bâtiments de l'État ? Prenez notre chancellerie, par exemple, ou encore la direction de la gendarmerie, où j'ai été l'autre jour ; c'est pire qu'un cabaret ou qu'une écurie. Les gens ont des uniformes propres et autour d'eux, il y a un pied de crasse !

– L'argent manque !

– Prétexte que cela ! Et ici – le gouverneur fit un large geste du bras – voyez plutôt quelle abomination !

– Pierre Ilitch ! Qui vous empêche de faire les transformations qui vous plaisent ? Je l'ai proposé bien des fois à Marie Pétrovna, et son Excellence m'approuve pleinement…

Mais, tout en marchant, le gouverneur répondit brièvement :

– Ça ne vaut pas la peine.

Avec sympathie, le fonctionnaire regarda le large dos de son chef, le cou musclé aux deux colonnes accentuées et dit, en prenant un air détaché :

– À propos, j'ai rencontré le Brochet, il m'a appris que le dernier blessé est sorti hier de l'hôpital ; c'était le plus grièvement atteint, il n'y avait presque pas d'espoir de guérison ! Ils ont la vie dure, ces gens du peuple !

Les familiers du gouverneur avaient surnommé le préfet de police « le Brochet » à cause de ses yeux incolores et écarquillés, de son dos long et étroit comme celui d'un poisson.

Le gouverneur ne répondit pas. Sur le perron, la fraîcheur automnale et la chaleur du soleil l'avaient saisi, comme si elles avaient eu une existence personnelle, et il les distinguait chacune à part, fraîcheur et chaleur. Le ciel aussi était agréable à voir, si lointain, si délicat, si magnifiquement bleu. Comme il ferait bon à la villa !

Il était déjà assis dans la voiture, et faisait place au fonctionnaire qui montait à gauche, quand un homme passa devant le perron en se baissant. Comme il soulevait sa casquette pour saluer, il couvrit son visage du coude ; le gouverneur ne vit qu'une nuque aux boucles blondes et un jeune cou halé ; il observa que l'individu marchait sans bruit, avec précaution, pieds nus, semblait-il, en se voûtant comme pour se dissimuler à lui-même ; le dos avait l'air de regarder en arrière. « Quel homme étrange et désagréable ! » pensa le gouverneur. Deux messieurs, qui montaient rapidement dans un fiacre précédant la voiture, eurent la même idée, sans doute, car, d'un même mouvement machinal, ils examinèrent le visage du passant ; mais ne trouvant rien de suspect, ils partirent. Leur fiacre avait un bon cheval et des roues caoutchoutées, ils se penchèrent en avant à cause de la rapidité de la course et s'en allèrent très loin pour ne pas couvrir le gouverneur de poussière.

– Qui sont ces deux-là ? demanda celui-ci au fonctionnaire en lui jetant un regard oblique et soupçonneux ; l'interpellé répondit :

– Des agents de la police secrète.

– Et pourquoi ? interrogea brièvement le gouverneur.

– Je ne sais pas – répondit Léon Andriévitch d'une manière évasive. C'est le Brochet qui fait du zèle.

Au tournant de la « rue de la Noblesse » des bottes vernies étincelèrent au soleil ; elles appartenaient au jeune adjoint du commissaire, qui avait exhibé les cadavres, et qui salua avec crânerie ; devant le poste de police, deux gardes à cheval sortaient du portail grand ouvert ; les montures faisaient voler la poussière sous leurs fers. Les hommes avaient tous deux un air de soumission complète, et ils fixèrent leurs regards sur le dos du gouverneur sans plus les détacher de ce point. Le fonctionnaire feignit de ne pas les voir, et le gouverneur lui lança un regard maussade ; puis il se mit à réfléchir, ses deux mains gantées de blanc posées sur les genoux.

Pour parvenir à la villa, il fallait traverser les faubourgs, la « rue des Fossés » où des ouvriers d'usines et leurs familles, tous des miséreux, vivaient dans des masures en ruines ou des maisonnettes de briques à deux étages bâties par l'État. Le gouverneur aurait voulu saluer amicalement n'importe qui, mais la rue était déserte, comme s'il eût fait nuit ; on ne voyait même pas d'enfants. Un petit garçon se montra près d'une haie de sorbiers à feuilles rouges, mais il disparut aussitôt sous les arbustes, et se cacha dans quelque large fente. En été, des poules et des cochons de lait décharnés se promenaient dans la rue ; mais maintenant on n'en voyait pas ; sans doute, la grève avait tout englouti. Rien ne rappelait l'événement d'une façon directe ; mais dans le silence de la rue, indifférente au passage du gouverneur, on sentait planer les pensées sombres et concentrées ; dans l'air transparent, une légère odeur d'encens semblait flotter.

– Écoutez ! s'écria le gouverneur, en prenant son compagnon par le genou. Mais cet homme…

– Quel homme ?

Le gouverneur ne répondit pas. Il serrait convulsivement le genou du fonctionnaire et le regardait de tout son visage, qui s'éclaira comme une maison fermée dont on ouvrirait les fenêtres. Puis fronçant les sourcils qui formèrent un gros pli charnu sur le front, il se tourna lentement en arrière, de tout le torse, et examina attentivement la route.

Les chevaux des gardes faisaient voler la poussière sous leurs pieds et la rue solitaire, noyée dans une ombre noire d'un côté et vivement éclairée par le soleil de l'autre, s'absorbait dans un songe. Pareilles à un troupeau qui se rassemble sous la menace de l'orage, les maisonnettes délabrées, aux toits percés, aux fenêtres poussées en avant comme un menton de vieillard, se serraient l'une contre l'autre. Puis venaient une place déserte, des débris de clôture, un puits abandonné, autour duquel la terre s'était affaissée, des tilleuls immenses derrière un haut mur à demi démoli, enfin une grande maison seigneuriale, bâtie on ne sait par qui dans cet endroit perdu, et depuis longtemps inhabitée ; les volets étaient clos et elle portait un petit écriteau en fer, rouillé par le temps : « Maison à vendre. » Plus loin s'élevaient encore de petites constructions, puis une série de trois hauts bâtiments de briques, sans ornements, aux rares fenêtres enfoncées. Ils étaient encore neufs, on voyait le plâtre mal séché ; les trous creusés par les échafaudages n'étaient pas comblés, mais les maisons étaient déjà sales, abandonnées. On aurait dit une prison, et la vie de leurs occupants devait être triste, enfermée, désespérante, comme celle des prisonniers.

On arrivait à la dernière masure, autour de laquelle il n'y avait ni arbre, ni haie ; elle était toute inclinée en avant, les murs aussi bien que le toit, comme si on l'eût poussée par derrière ; il n'y avait personne aux fenêtres ni à la porte.

– Ce sera pénible de passer ici en automne, Pierre Ilitch ; il y aura sans doute deux pieds de boue.

Le gouverneur ne répondit pas, il regardait de côté ; son visage s'assombrissait peu à peu, comme une maison barricadée dont on fermerait une à une les portes et les fenêtres.

III

On jouait gaiement, on chantait, on riait ; le fils du gouverneur, l'officier, retournait le lendemain à Pétersbourg et une nombreuse compagnie était venue lui faire ses adieux. Dans les vertes clairières, parmi l'or et l'écarlate des feuillages, dans la transparence des lointains éclairés de la forêt, les robes de couleur des femmes et les uniformes des militaires faisaient des taches harmonieuses et éclatantes. Lorsque le soleil rouge, hivernal presque, se fut couché, quand les étoiles se dessinèrent, on lança un feu d'artifice, des fusées crépitantes, des roues, des fontaines lumineuses. Une fumée étouffante rampa sous les vieux arbres maussades, et lorsqu'on alluma un feu de bengale rouge, les formes des gens qui couraient ressemblèrent à des ombres monstrueuses, convulsivement agitées.

Le préfet de police, le Brochet, qui avait beaucoup bu au dîner, regardait avec bienveillance ce joyeux tumulte ; il faisait de l'esprit avec les dames et était heureux. Quand, dans l'obscurité fumante, il entendit la voix du gouverneur, il aurait voulu pouvoir l'embrasser sur l'épaule, enlacer avec précaution sa taille, en un mot, faire quelque chose qui exprimât son dévouement, son amour et sa satisfaction. Mais, au lieu de cela, il appliqua la main sur le côté gauche de son uniforme, jeta dans l'air une cigarette qu'il venait d'allumer et dit :

– Ah ! quelle merveilleuse fête, Excellence !

– Écoutez, Illiador Vassiliévitch, dit le gouverneur d'une voix étouffée, pourquoi me faites-vous suivre par des agents ? À quoi bon ?

– Des malfaiteurs se proposent d'attenter à votre existence sacrée, Excellence ! dit le Brochet avec sentiment, les deux mains sur sa poitrine. Et je suis, entre autres, obligé…

Des détonations, des rires, des cris de stupeur couvrirent le bruit de ses paroles ; puis une pluie d'étincelles bleues, vertes et rouges tomba, faisant briller dans l'ombre les boutons de métal et les épaulettes du gouverneur.

– Je le sais, Illiador Vassiliévitch, ou plutôt je le devine. Mais je ne pense pas que ce soit sérieux.

– C'est très sérieux, Excellence. Toute la ville en parle... c'est étonnant, ce qu'on en parle. J'ai déjà arrêté trois personnes, mais ce ne sont pas les bonnes.

Une nouvelle détonation et des cris joyeux interrompirent encore le préfet de police, et lorsque le vacarme se fut calmé, le gouverneur n'était plus là.

Après le souper les convives partirent, au milieu d'un joyeux brouhaha ; le jeune adjoint au commissaire assurait le service d'ordre. Le feu d'artifice, qu'il avait entrevu à travers les buissons, les équipages, les gens, tout lui semblait extraordinairement beau ; et sa propre voix le frappait par sa force et sa sonorité. Le Brochet était tout à fait ivre, il faisait le bel esprit, riait et chantait la Marseillaise, les premiers vers, tout au moins :

Allons enfants de la Patrie,
Le jour de gloire est arrivé !...

Enfin, tout le monde partit.

– Pourquoi es-tu si sombre, papa ? demanda l'officier en posant sa main sur l'épaule de son père, avec une tendresse protectrice.

Le gouverneur était aimé dans sa famille ; sa femme le craignait même un peu ; mais, depuis quelque temps, on le traitait comme s'il eût été très vieux et on le méprisait légèrement.

– Quelle idée ? Je n'ai rien ! répondit-il indécis.

Il aurait voulu s'entretenir avec son fils, et il avait peur de cette conversation, car, depuis longtemps, leurs opinions divergeaient. Mais au moment actuel, ce désaccord pouvait être utile.

– Vois-tu, continua-t-il embarrassé, c'est cette histoire avec les ouvriers, tu sais bien… qui m'ennuie…

Il regarda son fils bien en face ; celui-ci lui répondit d'un coup d'œil étonné et retira sa main de l'épaule du père :

– Mais tu as été approuvé par le ministre, n'est-ce pas ?

– Oui, certainement, et j'en suis très flatté, mais… Alecha ! – et il regarda les beaux yeux de son fils avec la tendresse maladive de l'homme mûr – ce n'était pas des ennemis ! c'étaient des Russes, des compatriotes, des gens de notre pays, et moi, je les ai traités comme des ennemis. Hein ! et pourquoi ?

– Ils s'étaient révoltés !

– Alecha ! Eux aussi étaient baptisés, chrétiens comme moi !

– Tu n'as jamais attaché grande importance à la religion, que je sache, papa ! Pourquoi parler ainsi ? C'est bon à insérer dans un ordre du jour, au régiment, mais…

– Oui, oui, acquiesça vivement le gouverneur, ce n'est pas ce que je voulais dire. Mais ce qui m'ennuie, c'est que c'étaient des compatriotes, comprends-tu, Alécha, des compatriotes ! Ah ! si j'étais Allemand, si je m'appelais Auguste Karlovitch Schlippe-Detmolt, mais non, mais non, je suis Pierre et Ilitch par-dessus le marché !

L'officier répondit avec sécheresse :

– Tu confonds, papa ! Pourquoi parler d'Allemands ? Car, après tout, les Allemands ont aussi tiré sur les Allemands, les Français sur d'autres Français. Pourquoi des Russes ne tireraient-ils pas sur des Russes ? Comme homme d'État, tu dois comprendre que ce qu'il faut avant tout, dans un gouvernement, c'est l'ordre ; peu importe celui qui le viole, il doit être puni. Si c'est moi qui l'avais violé, tu aurais dû tirer sur moi comme sur un ennemi.

– C'est juste ! Le gouverneur acquiesça de la tête et se mit à aller et venir dans la pièce. C'est juste !

Il s'arrêta.

– Mais c'est la faim qui les avait poussés, Alecha ! Si tu les avais vus...

– C'est aussi la faim qui avait poussé les paysans de Zenzieif à se révolter, et cela ne t'a pas empêché de les châtier d'une façon exemplaire.

– Oui, mais châtier n'est pas... Et cet imbécile qui arrange les corps comme du gibier ; en voyant ces pieds, j'ai pensé : « jamais ces pieds ne marcheront... » Tu ne veux pas me comprendre, Alexis. Le bourreau est aussi une institution nécessaire, mais l'être...

– Que dis-tu, père ?

– Je le sais, je le sens : on me tuera. Je n'ai pas peur de la mort –

le gouverneur rejeta sa tête grise en arrière en regardant fièrement son fils, – mais je sais qu'on me tuera. Ne ris pas, tu es encore jeune, mais aujourd'hui, j'ai senti la mort ici, dans ma tête… dans ma tête…

– Je t'en prie, papa, fais venir des cosaques, demande de l'argent pour te protéger. On te donnera tout ce que tu voudras. Je t'en supplie, comme fils, et je t'en prie au nom de la Russie, qui a besoin de ta vie…

– Et qui me tuera, sinon la Russie ? Et contre qui enverrai-je des Cosaques ? Contre la Russie, au nom de la Russie ? Les Cosaques, les gardes à cheval, les agents de la police secrète peuvent-ils sauver un homme qui a la mort ici, sous son front ? Tu as un peu bu, ce soir, à souper, Alecha, mais tu as la tête claire et tu me comprends : je sens la mort. Dans le hangar déjà, je l'ai sentie, sans savoir ce que c'était. Ce que je t'ai dit, au sujet de la nationalité et de la religion était bête ; ce n'est pas là le plus important. Tu vois ce mouchoir ?

Il sortit un mouchoir de sa poche, le déplia vivement et, comme un prestidigitateur qui va faire des tours, il le montra à son fils.

– Tu vois, regarde !

Il agita le mouchoir en avant, et une bouffée d'air parfumé arriva jusqu'à l'officier qui s'était assis.

– Voilà. Vous êtes nouveau jeu, vous ne croyez à rien, mais moi, j'ai foi en la vieille loi : œil pour œil, dent pour dent. Tu verras !

– Alors donne ta démission, voyage !

Le gouverneur semblait prévoir cette proposition et ne s'en étonna pas.

– Non ! pour rien au monde ! répondit-il avec fermeté. Tu comprends toi-même que ce serait fuir. Non ! pour rien au monde !

– Excuse-moi, papa, mais vois à quel non-sens tu aboutis ! – l'officier pencha sa jolie tête sur l'épaule et fit un geste des bras – je ne sais vraiment que dire : maman gémit, tu parles de mort, pourquoi tout ça ? Comment n'as-tu pas honte, papa ? Je t'ai toujours connu ferme et sensé, et maintenant tu raisonnes comme un enfant ou une femme nerveuse... Pardonne-moi, mais je ne te comprends pas...

Il n'était pas nerveux, lui, et ne ressemblait pas à une femme, ce jeune et bel officier aux joues roses et rasées de près, aux mouvements assurés et calmes de l'homme qui non seulement se respecte, mais s'honore même. Quand il était en compagnie, il lui semblait qu'il était seul et qu'il n'y avait personne autour de lui ; il fallait la présence d'un personnage très important, d'un général au moins, pour qu'il éprouvât le léger embarras, la petite gêne que produit habituellement le contact avec d'autres gens. Il aimait les sports, nageait bien ; l'été, quand il se baignait dans la Néva, à la piscine commune, il étudiait son corps avec attention et calme, tout comme s'il eût été seul. Un jour, un Chinois était survenu, que tout le monde avait examiné avec curiosité, les uns à la dérobée, les autres ouvertement, sans se gêner ; l'officier seul ne l'avait même pas gratifié d'un coup d'œil, car il se considérait comme plus important et plus intéressant qu'un Chinois. Pour lui, tout au monde était simple et clair, tout se faisait sans difficulté ; et il savait que la présence des Cosaques était préférable.

Ses reproches dénotaient un mécontentement sincère, tempéré par la politesse et la crainte de froisser l'amour-propre paternel... Les inquiétudes du gouverneur, si elles ne le surprenaient pas trop – il n'ignorait pas que son père était un rêveur – le révoltaient comme quelque chose de barbare, de grossier, d'atavique. La religion, la loi du talion, les Russes, tout cela n'était que paroles stupides.

« Eh bien tu es un médiocre gouverneur, malgré qu'on t'ait félicité », pensa-t-il en suivant des yeux son père qui continuait à aller et venir.

– Tu es fâché contre moi, papa ?

– Non, répondit simplement le gouverneur. Je te remercie de ta sollicitude et tu fais bien de calmer ta mère. Moi, je suis tout à fait tranquille ; je t'ai fait part de mes réflexions. Nous sommes d'avis différents. Nous verrons qui a raison. Mais en attendant, c'est le moment d'aller te coucher…

– Non, je n'ai pas sommeil. Si nous allions prendre l'air au jardin ?

– Allons !

L'obscurité les engloutit aussitôt et ils ne se virent plus ; le bruit de leurs voix et quelques heurts fortuits les empêchaient de se sentir absolument isolés. Il y avait beaucoup d'étoiles très brillantes et Alecha parvint bientôt à distinguer à côté de lui, aux endroits où les arbres étaient plus rares, la silhouette massive et haute de son père. L'obscurité, l'air, les étoiles le rendirent plus tendre envers son compagnon à peine visible et il répéta ses explications tranquillisantes.

– Oui, oui, répondait parfois le gouverneur. Mais on ne pouvait savoir s'il acquiesçait ou non.

– Comme il fait sombre ! dit l'officier, en s'arrêtant ; ils étaient au bout d'une allée et ne pouvaient plus rien distinguer dans les ténèbres. Tu devrais bien faire mettre des lanternes, papa !

– Pourquoi donc ? Dis-moi plutôt…

Ils étaient tous deux immobiles, on n'entendait plus le bruit des pas ; le vide absolu et universel régnait.

– Eh bien quoi ? demanda Alecha avec impatience.

– Cette obscurité te dit-elle quelque chose ?

« Encore des divagations », pensa l'officier, et il reprit en appuyant :

– Elle me dit qu'il ne faut pas que tu viennes seul ici. Quelqu'un peut se cacher derrière un arbre et te guetter.

– Me guetter ! Elle me dit la même chose ! Figure-toi que derrière chaque arbre se trouvent des gens, des gens invisibles, qui me guettent. Ils sont nombreux – quarante-sept – autant que de morts ; ils sont là, ils écoutent ce que je dis et me guettent.

L'officier fut désagréablement affecté. Il regarda autour de lui, ne vit rien d'autre que l'obscurité et fit un pas en avant.

– Tu te plais à te forger des chimères ! dit-il avec mécontentement.

– Non, attends ! – et Alecha frémit au léger contact des doigts de son père – figure-toi qu'en ville aussi, et partout où je vais, on me guette. Quand je marche, un homme me suit, qui me guette. Quand je monte en voiture, un homme passe et salue, il me guette…

Les ténèbres se firent plus menaçantes, et la voix venant d'un interlocuteur invisible, sonnait bizarre et étrangère.

– Assez, papa, allons ! dit l'officier en se dirigeant vivement vers la maison, sans attendre son père.

– Ah ! Ah ! reprit le gouverneur, de sa voix ordinaire, avec une gaieté soudaine. Tu ne me crois pas. Je te dis qu'elle est sous mon front.

Quand la lumière des fenêtres apparut, elle sembla si éloignée et inaccessible, que l'officier eut envie de courir. Pour la première fois, il avait perçu une fêlure à son courage ; et il éprouva un léger sentiment de respect envers son père qui traitait l'obscurité avec tant d'aisance. Mais la peur et le respect disparurent dès qu'il fut entré dans la maison éclairée ; et il ne resta que de la vexation contre le gouverneur qui ne voulait pas écouter la voix de la raison et refusait obstinément de faire venir les Cosaques.

IV

Hiver comme été, le gouverneur se levait à sept heures, faisait ses ablutions à l'eau froide, prenait une tasse de lait et se promenait à pied pendant deux heures, quel que fût le temps. Déjà pendant sa jeunesse il avait cessé de fumer ; il ne buvait presque pas ; et malgré ses cinquante-six ans et ses cheveux gris, il était bien portant et frais. Il avait les dents solides, bien plantées, un peu jaunâtres, comme celles d'un vieux cheval ; ses yeux étaient légèrement enfoncés mais brillants ; son grand nez charnu se barrait d'un pli rouge provenant de la pression des lunettes. Il ne portait pas de lorgnon, mais quand il lisait ou écrivait, il mettait des lunettes à monture d'or, très grossissantes.

À la campagne il s'occupait un peu de culture. Il n'aimait pas les fleurs et les jardins apprêtés, mais il avait bâti de belles serres, une orangerie où poussaient des pêchers. Depuis le jour de l'événement, il était entré une seule fois dans l'orangerie pour en ressortir presque aussitôt ; l'air humide et chaud, agréable et familier, lui était tout particulièrement douloureux. Quand il n'allait pas en ville, il passait la plus grande partie de la journée dans les avenues de l'immense parc, qui mesurait cinq hectares, et il l'arpentait à grands pas fermes et égaux.

Il ne savait pas raisonner. Beaucoup de pensées lui venaient à l'esprit ; il y en avait de très intéressantes, qui ne formaient pas un seul fil solide et continu, mais erraient dans sa tête comme un troupeau sans berger. Parfois, il marchait pendant des heures entières, sans rien voir ni entendre autour de lui, plongé dans ses réflexions – et ensuite, il ne savait pas à quoi il avait pensé. D'obscures allusions à un grand travail de l'âme, important, tantôt pénible, tantôt aisé, sourdaient quelquefois, mais il ne pouvait savoir en quoi ce travail consistait. Seule, son humeur changeante, tour à tour maussade, hostile à tout, ou joyeuse, caressante, permettait de deviner le caractère de ce labeur énigmatique qui s'accomplissait dans les inaccessibles replis du cerveau généralement sombre, triste et désespéré ; chaque fois qu'il sortait d'une profonde rêverie, il lui semblait qu'il avait vécu en quelques heures une nuit infiniment longue et noire.

Pendant sa jeunesse, il était tombé dans une rivière rapide et profonde ; il avait failli s'y noyer : longtemps il avait gardé en son âme l'image informe d'une obscurité étouffante, d'une profondeur attirante, engloutissante, et de sa propre impuissance.

Et maintenant, il éprouvait quelque chose d'analogue.

Deux jours après le départ de son fils, par un matin calme et ensoleillé, il marchait ainsi dans les avenues et réfléchissait. Les feuilles jaunies tombées pendant la nuit avaient déjà été balayées et dans les sillons tracés par les balais se dessinaient nettement les traces de grands pieds, à hauts talons, à larges semelles carrées, des traces profondes, comme si au poids de l'homme se fût ajouté le poids des pensées. Par instants, le gouverneur s'arrêtait et alors, dans les branches entrelacées au-dessus de sa tête et éclairées par le soleil résonnaient les coups de bec d'un pivert à l'ouvrage. Une fois, un écureuil traversa l'allée, pareil à une pelote fauve qui roulerait d'un arbre à l'autre.

« On me tuera sans doute d'un coup de revolver ; on a de bons revolvers maintenant, pensa-t-il. On ne sait pas faire les bombes dans notre petite ville ; du reste, on réserve les bombes aux hommes d'État qui se cachent. Quand Alecha sera gouverneur, c'est avec une bombe qu'on le tuera – se dit le gouverneur, et un petit sourire ironique retroussa sa moustache, bien que son regard restât sérieux et sombre. Et moi, je ne veux pas me cacher, non, ce que j'ai fait suffit. »

Il s'arrêta et enleva une toile d'araignée tombée sur son veston.

« C'est dommage que personne ne puisse connaître les pensées héroïques et honnêtes qui me viennent. On sait tout le reste, on n'ignore que cela. On me tuera comme si j'étais un coquin. C'est très dommage, mais que faire ? Je ne peux parler. Pourquoi attendrir son juge ? Ce n'est pas loyal. Sa tâche est déjà assez difficile, sans qu'on vienne encore lui dire : je suis honnête, je suis honnête… »

Pour la première fois il pensait à l'existence d'un juge ; il se demanda où il avait pris cette idée et surtout pourquoi il l'avait acceptée comme si cette question eût été résolue depuis longtemps. Il lui semblait qu'il avait dormi, que pendant son sommeil quelqu'un lui avait parlé d'un juge et l'avait convaincu : puis, qu'au réveil, il avait oublié et le rêve et l'explication et se rappelait seulement qu'il y avait un juge, un juge tout à fait légitime, muni de pouvoirs immenses et menaçants. Et maintenant, après une seconde d'étonnement, il accueillait ce juge invisible avec simplicité et calme, comme on reçoit un bon vieil ami.

« Alecha, lui, ne comprend pas cela. Il ne parle que de nécessités gouvernementales. Est-ce une nécessité gouvernementale que de tirer sur des gens qui ont faim ? La nécessité gouvernementale c'est de nourrir les affamés et non pas de les fusiller. Il est encore jeune et bête, il se laisse entraîner. »

Soudain, sans même terminer cette réflexion, il comprit que c'était lui, et non pas Alecha qui avait fait tirer. Alors, l'air sembla s'embraser ; le souffle lui manqua.

« Trop tard ! »

Il ne savait pas s'il avait gardé le silence ou s'il avait prononcé le mot, ce « trop tard » démesuré, insensé, monstrueusement cruel qui retentissait avec fracas et s'éloignait comme un coup de tonnerre au-dessus de sa tête. Pendant d'interminables minutes, ses pensées restèrent confuses, puis, elles se débandèrent très vite en se heurtant douloureusement ;

enfin le repos, un calme de mort régnèrent.

Au travers des arbres brillèrent les vitres de l'orangerie, un triangle de mur blanc, éclaboussé de rouge par les feuilles de la vigne du Canada ; poussé par l'habitude, le gouverneur s'engagea dans un sentier, entre les châssis vides et entra dans l'orangerie. Il n'y avait là qu'un vieil ouvrier, nommé Iégor.

– Le jardinier n'est pas là ?

– Non, Excellence. Il est allé en ville, chercher des greffes, c'est vendredi aujourd'hui.

– Ah ! Tout va bien ?

– Oui, Dieu merci !

À travers les vitres fraîchement lavées les rayons du soleil inondaient la serre, chassant l'humidité lourde et étouffante ; on sentait la chaleur de l'astre, sa force, sa bonté et sa douceur. Le gouverneur s'assit ; les boutons de son uniforme brillaient de mille feux ! il déboutonna son veston et regarda attentivement Iégor.

– Eh bien ! Iégor ?

Le vieillard sourit avec politesse, sans répondre à cette vague interpellation prononcée d'un ton bienveillant ; il se tenait debout, sans gaucherie et frottait l'une contre l'autre ses mains noires de terre.

– J'ai entendu dire qu'on veut me tuer, Iégor… Pour venger les ouvriers, tu sais…

Iégor continuait à sourire avec la même politesse, mais il ne se frottait plus les mains, il les avait cachées derrière son dos ; il resta muet.

– Qu'en penses-tu, me tuera-t-on, oui ou non ? Mais répond donc sans gêne, nous sommes des vieillards tous les deux.

Iégor hocha la tête ; ses cheveux noirs et crépus retombèrent sur son front ; il regarda le gouverneur.

– Comment savoir ? Je crois qu'on vous tuera, Excellence.

– Et qui me tuera ?

– Le peuple, donc ; la communauté, comme on dit chez nous à la campagne.

– Et le jardinier, qu'en pense-t-il ?

– Je ne sais pas, Excellence, il ne m'a rien dit.

Tous deux soupirèrent.

– Je suis donc condamné ! Assieds-toi…

Mais Iégor n'obéit pas à l'invitation et ne répondit rien.

– J'ai cru qu'il fallait tirer. On criait des injures, on lançait des pierres, j'ai presque été atteint.

– C'est le chagrin qui les faisait agir ainsi. L'autre jour, au marché, un ivrogne, un artisan, je crois, pleurait comme un veau ; puis il a pris une pierre et l'a lancée de toutes ses forces. Et c'était tout bonnement le chagrin qui le poussait.

– On me tuera et ensuite on le regrettera, dit le gouverneur pensif, en se représentant le visage de son fils à la nouvelle de sa mort.

– Oui, c'est vrai ; on le regrettera. On le regrettera certainement ; on versera des larmes amères…

Le gouverneur eut une lueur d'espoir.

– Alors, pourquoi me tuer ? C'est stupide, cela !

Le regard de l'ouvrier se plongea aussitôt dans une profondeur incommensurable, sembla durcir, s'enveloppa d'obscurité. Pendant un instant l'homme tout entier eut l'air d'être taillé dans le roc, jusqu'aux plis souples de sa blouse de coton rouge usé, à ses cheveux crépus et à ses mains noires de terre et comme vivantes ; on eût dit l'œuvre d'un artiste de génie qui aurait réussi à donner à la pierre l'aspect d'une étoffe légère et délicate.

– Comment savoir ! reprit Iégor, en regardant au loin, c'est le peuple qui le désire. Mais ne vous tourmentez pas, Excellence ; on dit tant de choses inutiles ; on parle, on parlera, et on finira par oublier tout cela.

L'espoir s'était éteint. Iégor n'avait rien dit de neuf ou de très sensé ; mais il y avait dans ses paroles une assurance étrange, pareille à celle des rêveries du gouverneur, pendant ses longues promenades solitaires. Une phrase : « C'est le peuple qui le désire », exprimait parfaitement bien ce que Pierre Ilitch éprouvait lui-même, et elle était convaincante, irréfutable ; peut-être même cette assurance étrange n'était-elle pas dans les paroles d'Iégor, mais dans son regard, dans les boucles de ses cheveux noirs, dans ses mains larges comme des pelles et couvertes de terre fraîche.

Et le soleil brillait.

– Eh bien, adieu, Iégor. As-tu des enfants ?

– Que Dieu vous bénisse, Excellence !

Le gouverneur boutonna complètement son veston, redressa les épaules et sortit un rouble de sa poche :

– Tiens, vieux, achète-toi quelque chose !

Iégor tendit sa paume tannée, d'où il semblait que la pièce allait rouler comme d'un toit et il remercia.

– « Quels gens étranges ! » pensa le gouverneur en s'en allant.

Sur son passage l'allée inondée de soleil se morcelait d'ombre et de lumière ; lui-même était bariolé de fragments lumineux et sombres.

– Quels gens étranges, ils ne portent pas d'alliance et on ne sait jamais s'ils sont mariés ou célibataires. Ou plutôt oui, ils ont des anneaux d'argent, ou même d'étain. Un homme qui n'a pas trois roubles pour acheter un anneau d'or et qui se marie ! Quelle misère ! Sans doute, ceux du hangar avaient aussi des bagues d'étain ; je n'ai pas regardé ; oui, des bagues d'étain avec une fine rayure au milieu, oui, je m'en souviens maintenant.

Sa pensée descendait de plus en plus profondément dans le gouffre, tournoyant en cercles sans cesse plus étroits, comme un vautour au-dessus d'un buisson ; le soleil s'était éteint, l'allée avait disparu ; le pivert donnait encore des coups de bec, mais le feuillage s'était évanoui comme tout le reste ; le gouverneur lui-même se noyait dans une de ses rêveries poignantes et martyrisantes.

Il revoyait un ouvrier. Le visage est jeune et beau, mais sous les yeux, dans tous les replis et les rides noircis, une poussière métallique corrosive semble dessiner le crâne à l'avance ; la bouche est terrible, largement ouverte, elle crie, elle crie quelque chose. Sur la poitrine, la blouse est déchirée ; le mort agrandit la fente, facilement, sans bruit, comme si c'était du papier et il montre sa poitrine. Elle est blanche, ainsi que la partie inférieure du cou, noir dans le haut ; on dirait que le tronc est pareil à celui des autres gens, mais que la tête a été prise ailleurs, on ne sait où.

– Pourquoi déchirer ta chemise ? La vue de ton corps n'est pas agréable.

Mais la blanche poitrine découverte rampe aveuglément sur lui.

– Tiens, prends-là ! La voilà ! Mais rends-nous justice ! Rends-nous justice !

– Et où prendrais-je la justice ? Que tu es singulier !

Une femme parle :

– Les petits enfants sont tous morts. Les petits enfants sont tous morts. Les petits enfants, les petits enfants sont tous morts…

– C'est pour cela que votre rue est si déserte.

– Les petits enfants, les petits enfants, les petits enfants sont tous morts, tous…

– Mais ce n'est pas possible qu'un enfant meure de faim ; un enfant, un petit homme qui ne sait pas ouvrir les portes tout seul. Vous n'aimez pas vos enfants. Si mon enfant avait faim, je le nourrirais ; mais vous, vous avez des bagues d'étain.

– Nous avons des bagues de fer. Notre corps est enchaîné, notre âme est enchaînée. Nous avons des bagues de fer…

Sur un petit perron, à l'ombre, une femme de chambre brosse les robes de Marie Pétrovna ; les fenêtres de la cuisine sont ouvertes, on aperçoit le cuisinier vêtu de blanc. Une odeur d'eau de vaisselle se répand.

« Où suis-je ? » – se demanda le gouverneur. Mais c'est la cuisine ! À quoi ai-je pensé ? Ah ! voilà ! il faut regarder l'heure pour savoir si on déjeunera bientôt. Il est encore tôt, ce n'est que dix heures. Les domestiques sont embarrassés par ma présence. Il faut que je m'en retourne.

Et longtemps encore, il marcha par les avenues en réfléchissant. Mais il était semblable à un homme qui veut passer à gué une rivière large et inconnue : tantôt il a de l'eau jusqu'aux genoux, tantôt il disparaît sous les flots et en ressort pâle, à demi-mort. Il pensait à son fils, il essayait de réfléchir aux affaires, mais où que sa pensée se fixât d'abord, elle revenait insensiblement à l'événement, et s'y plongeait comme dans une source intarissable. Et, fait étrange, toutes les choses auxquelles il pensait autrefois – avant le malheur – lui semblaient malgré lui futiles, mesquines, tout à fait indignes de réflexion.

Il avait fait fouetter les paysans de Zenzieif cinq ans auparavant, la seconde année de sa nomination et il avait été approuvé par le ministre ; ce fut de cette époque d'ailleurs qu'avait daté la carrière brillante et rapide d'Alécha, qui attira l'attention comme fils d'un homme énergique et actif. Il se souvenait vaguement – car l'affaire était ancienne – que les paysans s'étaient emparés du blé appartenant à un propriétaire foncier ; il s'était rendu sur les lieux avec des soldats et avait repris le blé aux campagnards. Il n'y avait rien eu de menaçant ou de terrible, c'était plutôt stupide et amusant. Les soldats traînaient des sacs remplis de grains, les paysans tâchaient de reprendre lesdits sacs, mais ils étaient entraînés eux aussi sous les rires et les plaisanteries des soldats et des gendarmes égayés.

Puis, ils s'étaient mis à gémir, en faisant des gestes sauvages et en se heurtant comme des aveugles contre les clôtures, les murs et les soldats. Un paysan auquel on avait pris un sac, cherchait dans l'herbe, d'une main tremblante, une pierre qu'il pût jeter. Mais comme il n'y avait pas de cailloux à un kilomètre à la ronde, il cherchait en vain ; et sur le signe d'un chef, un agent de police lui avait lancé un coup de pied ; l'homme était tombé à quatre pattes et s'était enfui ainsi. On aurait dit que tous ces paysans étaient taillés dans du bois, tant ils semblaient mal dégrossis avec leurs mouvements désordonnés ; pour tourner l'un d'entre eux du côté voulu, il fallait deux soldats. Et quand le paysan était enfin dans la position correcte, il ne savait pas où regarder ; puis lors-que ses yeux s'étaient fixés, ils ne pouvaient plus se détacher de l'objet qu'ils consi-déraient ; il fallait de nouveau deux soldats pour le retourner.

– Eh bien, petit père, descends tes pantalons. Tu vas te baigner.

– Quoi ? demandait le paysan, perplexe, bien qu'il n'eût aucun doute au sujet de ce qui allait se passer. Une main étrangère déboutonnait l'unique bouton, les pantalons tombaient et les maigres reins s'étalaient sans vergogne. Les coups de fouet n'étaient pas très forts, il rempla-çaient une légère admonestation ; tout le monde était de bonne humeur. En s'en allant, les soldats entonnèrent une joyeuse chanson et ceux qui entouraient les chars remplis de paysans arrêtés, clignaient de l'œil à leurs prisonniers. C'était en automne et les nuages passaient très bas au-dessus des champs couverts de chaume. Et ils étaient tous allés en ville, vers la lumière, laissant la campagne sous le ciel bas, avec ses champs sombres, argileux et bosselés, au chaume rare et court.

– Les petits enfants sont tous morts. Les petits enfants, les petits en-fants sont tous morts, tous…

Le son joyeux et vif du gong annonçant le déjeuner, se répercutait dans le parc. Le gouverneur revint rapidement sur ses pas, en regardant sa montre d'un air sévère : il était midi moins dix. Il remit la montre dans son gousset et s'arrêta.

– C'est honteux ! dit-il d'une voix forte et irritée, en faisant une grimace. C'est honteux, je crois bien que je suis un coquin.

Après le déjeuner, il alla dans son cabinet de travail, dépouilla la correspondance arrivée de la ville. Distrait et maussade, il classait les enveloppes, mettant les unes de côté, ouvrant les autres avec des ciseaux et lisant les lettres sans prêter aucune attention à leur contenu. Une missive enfermée dans une petite enveloppe vulgaire, toute recouverte de timbres jaunes d'un copeck, lui tomba sous la main, et, comme les autres, elle fut soigneusement fendue à une extrémité. Jetant l'enveloppe, le gouverneur déplia une feuille de papier mince qui avait bu l'encre, et lut :

« Assassin d'enfants. »

Son visage pâlit peu à peu ; il devint aussi blanc que ses cheveux. Et la prunelle dilatée lisait toujours au travers des gros verres convexes :

« Assassin d'enfants. »

Les lettres étaient énormes, tordues, aiguës et terriblement noires ; elles s'agitaient sur le grossier papier :

« Assassin d'enfants. »

V

En s'éveillant le lendemain du jour où les ouvriers avaient été assassinés, la ville entière savait que le gouverneur serait tué. Personne n'en parlait encore, mais tous le savaient : on eût dit que, pendant cette nuit, où les vivants dormaient d'un sommeil agité et où les morts reposaient tranquillement, dans un ordre étonnant, sous le hangar, quelque chose de sombre avait passé au-dessus de la ville et l'avait obscurcie de ses ailes noires.

Et quand les gens se mirent à s'entretenir de l'assassinat du gouverneur, les uns très vite, les autres avec une certaine retenue, ce fut bientôt comme d'une chose résolue depuis longtemps et irrévocable. La plupart en parlaient avec indifférence, comme d'une affaire qui ne les regardait pas, telle une éclipse de soleil, visible dans l'autre hémisphère et intéressante pour les savants seulement ; la minorité s'exaltait en discutant ; le gouverneur méritait-il une punition aussi cruelle ? Valait-il la peine de supprimer quelques personnalités si le régime restait le même ? Les opinions étaient partagées ; mais les adversaires les plus irréconciliables se disputaient sans chaleur : on eût dit qu'il était question non pas d'un événement qui pouvait s'accomplir, mais d'un fait arrivé, auquel nulle opinion ne peut plus rien changer. Et chez les personnes cultivées, la discussion passa bientôt dans le domaine de l'abstraction ; le gouverneur fut oublié comme s'il était déjà mort.

De ces échanges de vues il résultait que le gouverneur avait plus d'amis que d'ennemis ; beaucoup de ceux qui préconisaient en théorie les assassinats politiques lui trouvaient des excuses ; si on eût voté en ville, la grande majorité, guidée par divers motifs théoriques ou pratiques, se serait sans doute prononcée contre la peine de mort ou l'exécution, comme disaient les uns. Les femmes qui ont peur du sang et sont généralement compatissantes, manifestèrent en cette occurrence une cruauté bizarre et une obstination invincible : presque toutes elles étaient pour la peine de mort, la mort la plus terrible ; on avait beau leur prouver qu'elles avaient tort, malgré tous les arguments, elles tenaient bon, avec fermeté, avec stupidité même. Parfois l'une cédait et reconnaissait l'inutilité de l'assassinat, mais le lendemain, comme si rien ne s'était passé, et que la tolérance manifestée la veille se fût dissipée pendant le sommeil, elle affirmait de nouveau qu'il fallait tuer.

En général, les idées étaient peu claires et la diversité d'opinions complète ; et si une personne nom au courant des affaires avait prêté l'oreille aux conversations, elle n'aurait pas pu savoir s'il fallait tuer le gouverneur ou non. Et si, étonnée, elle avait demandé :

– Mais pourquoi pensez-vous tous qu'il sera tué ? Qui sera l'assassin ?

Elle n'aurait pas obtenu de réponse ; mais au bout de quelque temps, puisant ses informations à la même source invisible que les autres gens, elle aurait su que le gouverneur serait tué, que sa mort était inévitable.

Les pensées étaient diverses comme les mots qui les exprimaient, mais le sentiment était le même – un sentiment puissant, énorme, général et victorieux, semblable à la mort par sa force et son impassibilité en face des paroles. Né dans l'ombre, formé lui-même de ténèbres impénétrables, il régnait en maître menaçant ; en vain les gens essayaient de l'éclairer par la lumière de leur raison.

On eût dit que l'antique loi du talion, elle-même, exigeant la mort pour châtier la mort, qui s'était endormie et semblait morte aux gens peu perspicaces, avait ouvert ses yeux froids, vu les hommes, les femmes, les enfants tués, et étendu sa main autoritaire et impitoyable sur la tête de l'assassin. De sorte qu'après une feinte résistance, les gens se soumettaient à l'ordre et s'éloignaient de l'homme ; il devenait ainsi accessible à toutes les espèces de morts qui existent au monde ; elles le menaçaient de partout, de tous les coins sombres, des champs, des bois, des ravins, chancelantes, boiteuses, aveugles, soumises, fatidiques.

C'est ainsi, sans doute, qu'aux temps lointains et obscurs où il y avait des prophètes, où il y avait moins de pensées et de mots, où la loi menaçante qui voulait la mort pour venger la mort était jeune elle aussi, où les fauves étaient amis de l'homme, en ces temps étranges et lointains, c'est ainsi sans doute que le transgresseur devenait accessible à la mort : l'abeille le perçait de son dard, le taureau le frappait de ses cornes pointues, et la pierre retardait l'heure de sa chute pour briser le crâne nu ; la maladie le rongeait à la vue des hommes, comme le chacal déchire la charogne ; et toutes les flèches, changeant leur direction, visaient le cœur noir et les yeux baissés ; les rivières, modifiant leur parcours, minaient le sol sous ses pas ; le maître de l'océan lui-même jetait sur la terre ses flots hérissés et, par ses hurlements, chassait le transgresseur dans le désert. C'étaient mille morts, mille tombes. Le désert l'ensevelissait sous son sable fin ; le vent hululant pleurait ou se moquait de lui ; les masses pesantes des montagnes s'empilaient sur sa poitrine et cachaient sous un silence éternel le mystère de la loi des représailles ; le soleil, générateur de vie, lui brûlait le cerveau avec un sourire inconscient et réchauffait avec douceur une mouche posée dans l'orbite du malheureux. Il y a longtemps de cela, et la grande loi qui veut la mort pour la mort était encore jeune ; elle ne fermait que rarement ses yeux froids aux regards d'aigle.

Bientôt les conversations sur ce sujet cessèrent en ville, car elles étaient stériles. Ou bien il fallait considérer l'assassinat du gouverneur comme un fait sacré et donner pour réponse à tous les arguments, à tous les raisonnements, un inébranlable « on ne doit pas tuer les enfants » – c'est ce que faisaient les femmes ; ou bien il fallait se plonger dans des contradictions inconciliables, hésiter, perdre sa pensée, ou l'échanger contre d'autres, comme les ivrognes qui échangent leurs casquettes, et tout cela sans avancer d'un pas. Ce problème devenait ennuyeux, on y renonça ; extérieurement, il ne restait rien qui rappelât l'événement ;

mais dans la tranquillité et le silence qui se firent, une attente angoissante et solennelle se développa, comme un gros nuage. Ceux qui étaient indifférents vis-à-vis de l'événement et de son étrange conséquence, comme ceux qui se réjouissaient de l'exécution prochaine, ou ceux qu'elle révoltait profondément – tous attendaient l'inévitable, dans une expectative pesante, menaçante et tendue. Si, à ce moment-là, le gouverneur était mort d'une fièvre, du typhus, d'un accident, personne n'aurait considéré le fait comme un hasard et derrière la cause tangible, on en aurait trouvé une autre, invisible, mais réelle. Et plus l'attente croissait, plus on pensait à la « rue des Fossés ».

La « rue des Fossés » était aussi calme et paisible que le reste de la ville ; des détectives nombreux cherchaient les indices d'une nouvelle révolte ou de quelque dessein criminel, mais c'était en vain. Comme en ville, le bruit de l'assassinat prochain du gouverneur courait, sans qu'on pût en découvrir la provenance ; tout le monde en parlait, mais d'une façon si vague, si stupide, qu'il était impossible de deviner quoi que ce fût. Quelqu'un de très fort, de très puissant même, et qui frapperait à coup sûr, devait prochainement tuer le gouverneur ; voilà tout ce qui résultait des conversations.

L'agent Grigorief, feignant d'être ivre, entendit un dimanche, dans un cabaret, un de ces colloques mystérieux. Deux ouvriers qui avaient beaucoup bu, étaient attablés devant une bouteille de bière et, se penchant par-dessus la table au risque de faire tomber les verres en gesticulant, ils conversaient à mi-voix.

– On lui jettera une bombe ! dit l'un, qui paraissait le mieux informé.

– C'est vrai, une bombe ? répéta l'autre surpris.

– Oui, une bombe – l'homme tira de sa cigarette une bouffée de fumée qu'il envoya dans les yeux de son interlocuteur et ajouta d'un ton important et positif : « elle le déchirera en mille morceaux ».

– On dit que ce sera le neuvième jour après l'affaire.

– Non, affirma l'ouvrier en se renfrognant, pour exprimer le plus haut degré de négation. Pourquoi serait-ce le neuvième jour. Ce n'est qu'une superstition. On le tuera tout bonnement un matin.

– Quand ?

L'ouvrier se fit un paravent de ses cinq doigts écarquillés, se pencha en chancelant vers l'oreille de son compagnon, et chuchota, d'une manière distincte :

– Dimanche prochain, dans une semaine.

Tous deux se turent ; ils ne voyaient presque plus. Puis le premier leva le doigt et l'agita d'un air de mystère et de menace.

– Tu comprends ?

– Ils ne manqueront pas leur coup, oh ! non, ce ne sont pas des gaillards à ça.

– Non ! reprit le premier, toujours renfrogné, pourquoi le manqueraient-ils ? L'affaire est simple, ils ont tous les atouts.

– Oui, tous les atouts ! répéta l'autre.

– Tu comprends ?

– Mais oui, je comprends.

– Eh bien, puisque tu comprends, encore un verre ! Est-ce que tu m'aimes, Vania ?

Et longtemps ils chuchotèrent ainsi, échangéant des regards, clignant de l'œil et se penchant l'un vers l'autre, en renversant les bouteilles vides. Ils furent arrêtés la même nuit, mais on ne trouva rien de suspect sur eux ; le premier interrogatoire prouva amplement que ni l'un ni l'autre ne savaient rien et qu'ils avaient répété des bruits de la rue.

– Mais pourquoi as-tu été jusqu'à préciser le jour du dimanche ? demanda avec irritation le colonel de gendarmerie, qui conduisait l'interrogatoire.

– Je ne sais pas, répondit l'ouvrier alarmé, j'étais saoul…

– Que le diable vous emporte tous ! cria le colonel ; mais il ne put arriver à rien de positif. Les gens sobres eux-mêmes ne se conduisaient pas mieux. Dans les rues, dans les ateliers, ils échangeaient ouvertement des remarques à propos du gouverneur, ils le couvraient d'injures et se réjouissaient de sa mort prochaine. Mais on ne disait rien de certain ; bientôt ces conversations cessèrent, et on attendit avec patience. Parfois, un ouvrier disait à l'autre, en travaillant :

– Il a de nouveau passé hier, sans escorte.

– Il cherche lui-même sa fin.

Et ils continuaient leur besogne. Le lendemain matin, on entendait à l'autre extrémité de l'atelier :

– Il a encore passé hier.

– Eh bien, qu'est-ce que ça fait ?

On eût dit qu'ils comptaient les jours que le gouverneur dérobait à la mort. Par deux fois déjà, on avait eu soudain et presque simultanément, dans tous les coins de la « rue des Fossés » et dans les fabriques, la certitude qu'il venait d'être tué. Qui avait apporté cette nouvelle ? Il était impossible de le savoir ; mais les gens, s'assemblant par groupes, se transmettaient les détails ; on citait la rue, l'heure, le nombre des meurtriers, l'instrument ; il se trouvait presque des témoins, qui avaient entendu le fracas de la détonation. Tous étaient pâles et résolus ; ils n'exprimaient ni joie ni douleur ; une fois le bruit démenti, ils se séparaient tranquillement, sans déception, comme s'il ne valait pas la peine de se chagriner parce que l'affaire était remise de quelques jours, de quelques heures, peut-être de quelques minutes.

Comme les dames de la ville, les femmes de la « rue des Fossés » étaient les juges les plus implacables, les plus impitoyables ; elles ne discutaient ni ne raisonnaient, elles attendaient simplement, et elles mettaient dans cette attente toute l'ardeur d'une foi inébranlable, toute la douleur de leur misérable existence, toute la cruauté de leur pensée martyrisée et affamée.

Elles avaient un ennemi particulier, inconnu aux hommes : le fourneau, éternellement insatiable, dont la gueule ouverte demande toujours de la pâture, le petit fourneau plus terrible que tous les fours brûlants de l'enfer. Du matin au soir, tous les jours, pendant toute leur vie, il les tenait sous sa domination en tuant leur âme ; il chassait du cerveau toutes les pensées qui ne se rapportaient pas à lui. Les hommes ignoraient ce supplice. Lorsque le matin, en se réveillant, la femme regardait le fourneau, aux rondelles posées de travers, il frappait son imagination comme un fantôme et la faisait frémir de dégoût et de peur, d'une peur animale, instinctive. Dépouillée de sa pensée, la femme ne savait même pas qu'il était son ennemi et son voleur ; elle lui donnait son âme avec soumission, tandis qu'une angoisse noire, mortelle, l'enveloppait d'un brouillard impénétrable.

C'est pourquoi toutes les femmes de la « rue des Fossés » semblaient méchantes ; elles grondaient les enfants, les rouaient de coups, se querellaient entre elles ou avec leur mari, et leur bouche était pleine de reproches, de plaintes et de haine.

Pendant la grève, alors que plusieurs jours de suite on n'allumait pas les fourneaux, les femmes se reposèrent – de l'étrange repos du malade qui cesse de souffrir quelques minutes avant sa fin. La pensée se libérant pour un instant de son cercle de fer, s'attachait de toute sa force à l'espoir d'une vie nouvelle, comme si la lutte se livrait au nom d'un affranchissement complet des entraves perpétuelles et non pour l'augmentation mensuelle de quelques roubles que réclamaient les hommes. En enterrant les enfants, morts d'épuisement, on les pleurait avec des larmes de sang ; pendant ces jours atroces, accablées par le chagrin, la fatigue et la faim, les femmes furent douces et bonnes, comme elles ne l'avaient jamais été : elles étaient certaines que l'horrible crise ne serait pas stérile, qu'après les grandes souffrances, viennent les grandes récompenses. Et lorsque le dix-sept août, sur la place, le vieux gouverneur à l'uniforme étincelant était sorti pour leur parler, elles l'avaient pris pour Dieu lui-même. Il avait dit d'abord :

– Il faut vous remettre au travail. Il m'est impossible de discuter avec vous tant que vous n'aurez pas repris le travail.

Puis :

– Je tâcherai de faire quelque chose pour vous. Remettez-vous au travail et j'écrirai à Pétersbourg.

Et encore :

– Vos patrons ne sont pas des voleurs, mais des honnêtes gens ; et je vous ordonne de ne pas les injurier. Si demain vous n'avez pas repris le travail, je ferai fermer la fabrique et vous serez tous renvoyés.

Il avait ajouté :

– Les enfants meurent par votre faute. Remettez-vous au travail.

Enfin :

– Si vous voulez vous conduire ainsi, si vous ne voulez pas vous disperser, je serai obligé d'employer la force. Reprenez le travail.

Alors ç'avait été un chaos de cris, de pleurs d'enfants, de détonations, la poussée, la fuite angoissante de la créature qui ne sait pas où elle court, qui tombe, se relève, perd ses enfants, ne sait plus retrouver sa demeure.

Et de nouveau, très vite, comme s'il ne se fût écoulé qu'une seconde, la tâche quotidienne s'était de nouveau imposée, le fourneau maudit, stupide, insatiable avait rouvert sa gueule. Et toutes les choses que les femmes avaient abandonnées à jamais revenaient à elles pour toujours.

Peut-être était-ce dans une tête féminine qu'était née l'idée que la mort du gouverneur était nécessaire. Aucun des vieux mots qui définissent les sentiments d'hostilité de l'homme pour l'homme, haine, fureur, mépris, n'exprimaient ce qu'éprouvait les femmes. C'était un sentiment nouveau, un sentiment de condamnation irrévocable ; si dans la main du bourreau la hache pouvait avoir conscience d'elle-même, elle éprouverait, froide, aiguë, brillante et calme, un sentiment de ce genre. Les femmes attendaient tranquillement, sans hésiter un seul instant, sans douter ; leur attente remplissait l'air que tous, le gouverneur comme les autres, respiraient. Elles étaient naïves. Si une porte claquait n'importe où, si quelqu'un courait dans la rue en faisant du bruit, elles sortaient vite, tête nue, presque satisfaites :

– Il est tué ?

– Non. C'est Senka qui va chercher de l'eau-de-vie.

Le calme renaissait jusqu'à un nouveau son, à un nouveau bruit de pas dans la rue déserte. Quand le gouverneur passait en voiture, les femmes le regardaient avidement derrière les rideaux, puis, ensuite, elles retournaient à leur fourneau ; elles ne s'étaient pas étonnées de ce que le gouverneur, toujours accompagné de gardes à cheval, se fût, tout à coup, mis à sortir seul, sans escorte ; telle la hache qui, si elle pouvait sentir, ne s'étonnerait pas de voir le cou nu. C'est dans l'ordre que le cou soit nu. De tous ces fils sombres, elles tissèrent une belle légende. Et ces femmes obscures, à la vie terne, réveillèrent la vieille loi antique, qui rend mort pour mort.

Les ouvriers tués étaient pleurés d'une façon contenue : ce chagrin-là n'était qu'une parcelle de la grande douleur générale et s'y fondait sans laisser de traces, comme une larme salée se confond avec l'Océan. Mais à la fin de la troisième semaine après l'événement, un vendredi, Nastassia Sazonova, dont la fille Tania, âgée de dix-sept ans, avait été tuée, devint folle. Pendant trois semaines, elle s'était occupée de son fourneau comme les autres femmes ; elle s'était querellée avec ses voisines, elle avait grondé les deux enfants qui lui restaient ; et brusquement, sans que personne s'y attendît, elle perdit la raison. Le matin, ses mains s'étaient mises à trembler, elle avait laissé tomber une tasse ; ensuite il lui sembla qu'elle était entourée de brouillard ; elle oubliait ce qu'elle voulait faire, prenait une chose pour une autre, se répétant avec distraction :

– Mon Dieu, qu'ai-je donc ?

Alors elle avait gardé le silence, et avec une passivité étrange, elle était allée d'un coin à l'autre, déplaçant sans cesse la même chose, la posant pour la reprendre de nouveau, incapable de s'arracher du fourneau, malgré le délire qui commençait. Les enfants étaient au jardin potager où ils lançaient un cerf-volant, et lorsque le petit Petka rentra, en quête d'un morceau de pain, sa mère mettait dans le fourneau éteint, sans mot dire et avec sauvagerie, les objets les plus disparates, des souliers, une jaquette ouatée et déchirée, la casquette de Petka. Le gamin se mit à rire, mais, ayant vu le visage de sa mère, il s'était enfui en criant de manière à alarmer toute la rue.

Les femmes se rassemblèrent et commencèrent à gémir, comme des chiens glacés par l'effroi et l'angoisse, tandis que Nastassia, accélérant ses mouvements et repoussant les mains qui se tendaient vers elle, se mettait à tourner dans un cercle étroit en haletant et en murmurant des paroles incompréhensibles. Peu à peu, avec de petits gestes brusques, elle déchira sa robe et la partie supérieure du corps apparut, une poitrine jaune et sèche, aux seins pendants. Alors elle poussa un hurlement terrible et traînant, entrecoupé par les mêmes paroles qui venaient sans cesse :

– Je ne peu... eu... eux pas... a... a... as. Mes a... a... a... mis, je ne peu... eu... eux pa... a... as.

Elle s'était élancée dans la rue où tout le monde la suivit. En un instant la « rue des Fossés » tout entière s'emplit d'un seul gémissement féminin dans lequel il était impossible de distinguer des autres la voix de la folle. Ces cris lugubres ne prirent fin que lorsque les employés d'une boutique se saisirent de Nastassia, lui ligotèrent pieds et mains et l'aspergèrent d'eau avec abondance. Elle gisait sur le sol, dans une mare, sa poitrine nue contre la terre, ses mains bleuies et liées faisant le poing. Elle avait tourné son visage de côté, et ses yeux à l'expression sauvage ne clignaient pas ; les cheveux grisâtres et mouillés étaient collés à la tête qui semblait étrangement petite ; par moments, elle frémissait. Le mari, effrayé, arriva en courant de la fabrique, sans avoir pris le temps de laver son visage couvert de suie ; sa blouse était aussi noire et luisante de graisse ; il avait à la main gauche une brûlure enveloppée d'un chiffon sale.

– Nastassia ! dit-il d'un ton mécontent et sévère, en se penchant, qu'as-tu ? Que fais-tu ?

Elle garda le silence, frissonna, elle avait un regard sauvage et fixe. Le mari vit les mains bleuies et gonflées, que la corde serrait impitoyablement ; il la délia et toucha du doigt l'épaule nue. Au même instant un agent de police arrivait en voiture.

Lorsque la foule se dispersa, deux hommes s'en détachèrent qui ne rentrèrent pas à la fabrique comme les autres et qui ne restèrent pas dans la « rue des Fossés », mais se dirigèrent vers la ville. Ils allaient pensifs et silencieux. Au bout de la rue, ils se séparèrent.

– Quelle misère ! dit l'un. Viens-tu chez moi ?

– Non ! répondit brièvement l'autre et il se mit à marcher à grands, pas. Il avait un jeune cou hâlé, et sous sa casquette, ses cheveux blonds s'enroulaient en boucles.

VI

Dans la maison du gouverneur, on apprit l'imminence de sa mort ni plus tôt ni plus tard que chez les autres, et cette nouvelle fut accueillie avec une indifférence bizarre. On eût dit que la vue d'un homme vivant, bien portant et fort empêchait de comprendre ce que c'était que la mort, la mort de cet homme ; on se la figurait comme une sorte d'absence temporaire.

Vers le milieu de septembre, Marie Pétrovna, persuadée par le préfet de police que l'existence à la villa devenait dangereuse, était revenue en ville ; et la vie était rentrée dans l'ordre coutumier, invariable depuis des années. Le fonctionnaire Kozlof, qui n'aimait pas la saleté et la banalité de la maison du gouverneur, avait donné l'ordre presque de sa propre initiative de retapisser les salons et de blanchir les plafonds ; en outre, il avait commandé un mobilier modem style en chêne vert. En général il s'était attribué les fonctions de dictateur domestique, et tout le monde était content de lui ; les serviteurs qui aimaient l'animation, et Marie Pétrovna qui haïssait tout ce qui concernait le ménage.

Bien que la maison fût très vaste, elle était incommode ; les water-closets et la salle de bains étaient à côté du salon ; pour le service, les domestiques étaient obligés de passer par un corridor vitré sur lequel ouvraient les fenêtres de la salle à manger ; souvent on les voyait se pousser du coude ou s'injurier, quand ils apportaient les mets. Koslof aurait bien voulu changer tout cela, mais il fallait attendre l'été suivant. « Il sera content », se disait-il en pensant au gouverneur ; mais pour une raison quelconque il se représentait que ce ne serait pas Pierre Ilitch qui en profiterait ; dans son zèle de réformes, il ne tenait pas compte du gouverneur.

Comme auparavant, le gouverneur était le centre de la vie de la maison, « Son Excellence a ordonné », « Son Excellence désire », « Son

Excellence sera fâchée », toutes ces phrases résonnaient sains cesse. Mais si on eût mis à la place du gouverneur une poupée revêtue d'un uniforme, et capable de prononcer quelques paroles, personne n'aurait remarqué la substitution, tant Pierre Ilitch ressemblait à une forme vide. Quand il se fâchait et qu'il réprimandait quelqu'un, le coupable, quoique effrayé, avait l'impression que ce n'était qu'une comédie, les reproches comme la peur, et qu'en réalité rien de tout cela n'existait. Si, à cette époque-là^ le gouverneur avait tué quelqu'un, cette mort elle-même n'aurait pas paru réelle. Encore vivant pour lui-même, il était mort pour les autres, qui s'occupaient avec nonchalance d'un cadavre, sentant le froid et le vide, mais sans y attacher aucun sens. De jour en jour la pensée de la mort prochaine tuait l'homme. Puisant sa force dans son universalité, elle devenait plus puissante que les machines infernales, les canons et la poudre, elle dépouillait l'homme de sa volonté et aveuglait même son instinct de conservation ; elle faisait une place nette autour de lui pour que le coup portât, comme on nettoie le sol autour de l'arbre qu'on veut abattre. La pensée le tuait. D'une voix impérieuse, elle faisait sortir de l'ombre ceux qui devaient frapper – elle les créait même. Sans s'en apercevoir, les gens s'éloignaient du condamné et le privaient de la protection invisible mais efficace que la vie de tous les hommes forme autour de la vie d'un seul.

Après la première lettre anonyme où le gouverneur était appelé « Assassin d'enfants » quelques jours se passèrent sans qu'il en reçût d'autres ; puis elles se mirent à pleuvoir comme d'un sac éventré ; ou aurait dit que ceux qui les envoyaient s'étaient concertés entre eux, et tous les matins, la pile des enveloppes s'élevait de plus en plus sur la table du gouverneur. De même que l'enfant sur le point de naître, cette pensée impérieuse et homicide, qui ne s'était trahie jusqu'alors que sourdement, employait toutes ses forces à se manifester au dehors ; elle commençait à vivre de sa propre vie. En divers endroits de la ville, des gens classaient des lettres jetées dans des boîtes différentes, et perdues parmi une foule d'autres missives ; ces lettres, une fois rassemblées en un seul paquet, un homme les apportait à celui qui était leur seul but. Déjà auparavant, le gouverneur avait reçu des lettres anonymes, rarement injurieuses et parfois menaçantes, presque toujours pleines de plaintes et de dénonciations ; il ne les lisait jamais, mais maintenant leur lecture était devenue une impérieuse nécessité, comme la pensée sans cesse renaissante de l'événement et de la mort. Et pour lire comme pour penser, il devait être seul, personne ne devait le troubler.

Quelquefois le jour, mais plus souvent le soir, il s'asseyait confortablement dans un fauteuil, devant sa table couverte de papiers, un verre de thé refroidi à côté de lui ; il redressait les épaules, mettait des lunettes d'or très grossissantes et après avoir soigneusement examiné une enveloppe, il en coupait l'extrémité. Il avait déjà appris à reconnaître ces lettres à première vue, malgré la diversité des papiers, des écritures et des timbres, car elles avaient quelque chose de commun, comme les morts du hangar ; l'huissier qui recevait la correspondance personnelle du gouverneur les distinguait aussi bien que son maître. Pierre Ilitch lisait attentivement, lentement chaque lettre, du commencement à la fin ; s'il y trouvait un mot indéchiffrable, il l'étudiait ou tâchait de deviner sa signification. Les lettres peu intéressantes, ou pleines d'injures inconvenantes, étaient déchirées ainsi que celles où des inconnus bienveillants l'informaient de l'attentat qui se préparait contre lui ; quant aux autres, il leur donnait un numéro d'ordre et les classait dans un but qu'il pressentait vaguement.

En général, malgré les différences extérieures de langue et d'orthographe, le contenu des lettres était d'une monotonie lassante : les amis prévenaient, les ennemis menaçaient ; en somme, c'était comme des « oui » et des « non » brefs et qui ne prouvaient rien. Il s'était déjà accoutumé aux mots « assassin » et « vaillant défenseur de l'ordre », tant ils se répétaient souvent ; il lui semblait de même s'être habitué à l'idée que tous, amis et ennemis, croyaient également à l'imminence de sa mort. Le froid l'envahissait et il aurait voulu pouvoir se réchauffer, mais le thé était glacé ; depuis quelque temps, ou ne lui servait plus du thé chaud et le haut poêle de faïence était froid aussi. Il y avait des années de cela, dès le jour où il s'était installé dans cette maison, il avait eu l'intention de faire aménager une cheminée ; mais ce projet avait été sans cesse remis, et le vieux poêle chauffait mal, quelle que fût la quantité de combustible employée.

Après s'être vainement adossé aux carreaux de faïence, il se mettait à aller et venir dans la pièce en se frottant les mains l'une contre l'autre et disait de sa belle voix autoritaire :

– Comme je suis devenu frileux !

Puis il s'asseyait de nouveau à sa table, cherchant dans les lettres quelque chose de très important, la chose principale.

« Excellence, vous êtes général, mais les généraux eux-mêmes sont mortels. Les uns meurent de mort naturelle, les autres de mort violente. Vous, Excellence, vous mourrez de mort violente. J'ai l'honneur de rester votre fidèle serviteur. »

Après avoir souri – il souriait encore à ce moment-là – le gouverneur allait soigneusement déchirer la lettre, mais il réfléchit, inscrivit un chiffre et une date : N° 43, 22 septembre 190..., dans la large marge et classa le billet avec les autres.

« Monsieur le Gouverneur ou plutôt pacha turc ! Vous êtes un voleur et un assassin à gages ; je pourrais prouver devant le monde entier que vous avez touché une somme rondelette des actionnaires, pour avoir tué les ouvriers... »

Le gouverneur devint écarlate, il froissa la lettre avec rage, enleva ses lunettes de son grand nez rougi et dit d'une voix haute et scandée comme un roulement de tambour :

– Imbécile !

Les mains dans les poches et les coudes écartés, il se promena de long en large à grands pas irrités et rythmés. Ainsi mar – chent – les – gou – ver – neurs. Ainsi mar – chent – les – gou – ver – neurs. S'étant un peu calmé, il reprit la lettre, la lut jusqu'au bout, y inscrivit un numéro d'une main légèrement tremblante et la mit de côté. « Il les lira », se dit-il en pensant à son fils.

Le même soir, le sort lui envoya une lettre signée « un ouvrier ». Excepté cette signature, rien ne dénotait l'homme voué au travail manuel, peu cultivé et pitoyable, tel que le gouverneur se représentait les prolétaires.

« Dans les fabriques et en ville, on dit que vous serez bientôt tué.

« Je ne sais pas avec certitude qui se chargera de le faire ; mais je ne crois pas que ce soit un membre d'une organisation politique quelconque ; ce sera plutôt un citoyen profondément écœuré de votre terrible répression du 17 août. J'avoue franchement que quelques-uns de mes camarades et moi, nous sommes opposés à cette décision, non pas que j'aie pitié de vous – car vous non plus n'avez pas eu pitié des femmes et des enfants et je crois que personne en ville ne vous plaint – mais simplement parce qu'en principe, je suis opposé à l'assassinat, comme à la guerre, à la peine de mort, à l'assassinat politique, et en général à tous les crimes. En luttant pour leur idéal qui est « liberté », « égalité », « fraternité », les citoyens doivent employer des moyens qui ne contredisent pas leur devise. Mais tuer, c'est se servir du procédé habituel des gens de l'ancien régime, qui ont pour mot d'ordre « esclavage », « privilège », « rancune ». Le bien ne peut sortir du mal, et dans la lutte où les fusils jouent le premier rôle, les vainqueurs ne sont pas les meilleurs, mais les pires, c'est-à-dire les plus cruels, les moins compatissants, ceux qui foulent aux pieds la personnalité humaine et n'ont pas de scrupules. Mais si un brave homme tire, ou bien il manque le but, ou bien il fait une bêtise et est pris en flagrant délit ; car son âme est opposée à ce que font ses mains. C'est pour cette raison, je crois, qu'il y a si peu d'attentats politiques réussis dans l'histoire. J'admets la révolution, mais, selon moi, elle ne doit être qu'une propagande d'idées ; c'est un apostolat semblable à celui des martyrs chrétiens ; car lors même que les ouvriers paraissent avoir la victoire, les coquins feignent seulement d'être vaincus et inventent aussitôt une filouterie quelconque, pour duper leurs vainqueurs. C'est avec la tête qu'il faut vaincre et non pas avec les mains, car c'est la tête qui est faible chez les coquins ; c'est pour cette raison qu'ils enlèvent les livres à l'homme pauvre et le laissent dans les ténèbres de l'ignorance, car ils ont peur pour eux-mêmes. Excusez-moi de m'être lancé dans cette dissertation ; c'est pour que vous ne me preniez pas pour un de vos partisans, en lisant mes premières lignes, où je vous dis que je suis contre votre assassinat. En outre, je dois ajouter que le 17 août ni moi, ni les camarades qui partagent mes idées ne nous trouvions sur la place ; car nous avions prévu l'issue de la démonstration et nous ne voulions pas passer pour des imbéciles qui croient que des gens de votre classe pratiquent la justice. Maintenant les autres camarades sont aussi d'accord avec nous, bien entendu ; ils disent : « Si nous retournons chez le gouverneur, ce ne sera plus pour demander, mais pour emporter ». Mais c'est aussi une bêtise, d'après moi, et je leur réponds : « Pourquoi y aller vous-mêmes, bientôt on viendra à vous avec des saluts et des paroles aimables. Ce sera notre tour alors. « Monsieur ! pardonnez-moi la liberté que je prends de m'adresser à vous, moi qui ne suis qu'un ouvrier, fils de ses œuvres ; mais je ne peux pas comprendre qu'un homme instruit et moins coquin que les autres ait pu agir de telle façon avec de malheureux ouvriers confiants en lui, et les faire fusiller. Peut-être vous entourerez-vous de cosaques ; vous enverrez des espions partout, ou bien vous irez à l'étranger pour avoir la vie sauve ; dans ce cas, mes paroles peuvent vous être utiles et vous mettre sur la voie, vous apprendre les vrais moyens de servir le peuple. On dit dans notre fabrique que vous avez été acheté par les patrons, mais je ne le crois pas, car nos patrons ne sont pas des imbéciles et ne jettent pas l'argent par les fenêtres ; en outre, je sais que vous n'êtes ni voleur ni concussionnaire, comme vos collègues auxquels il faut de l'argent pour payer leurs maîtresses, le champagne et les truffes. Je dirai même que, d'une manière générale, vous êtes un honnête homme… »

Le gouverneur posa soigneusement la lettre sur la table, enleva ses lunettes couvertes d'une légère buée, les essuya avec solennité du coin de son mouchoir et dit avec respect et fierté :

– Merci, jeune homme !

Il fit quelques pas dans la chambre, lentement, et s'adressant au poêle refroidi, il ajouta :

– Prenez ma vie, elle est à vous, mais mon honneur…

Il n'acheva pas, et rejetant en arrière sa tête, à l'expression un peu ridicule tant elle était grave, il revint à la table…

« Je dirai même que d'une manière générale vous êtes un honnête homme – et que vous ne feriez pas de mal à une mouche, à moins qu'on ne vous l'ordonne. Mais que vous, un honnête homme, vous puissiez accepter des ordres pareils, c'est ce que je ne puis admettre, Monsieur ! Le peuple n'est pas une mouche. Le peuple est sacré et si vous compreniez ce que c'est que le peuple et ses souffrances, vous descendriez sur la place, vous vous mettriez à genoux pour demander pardon. Pensez plutôt : de race en race, de génération en génération, depuis les premiers esclaves qui élevèrent les pyramides, fantaisie d'un tyran, nous menons la même existence ; et de même que parmi vous, il y a des nobles, c'est-à-dire des oppresseurs héréditaires, de même parmi nous, il y a des ouvriers, des esclaves héréditaires. Dites-vous que pendant ces milliers d'années, on nous a frappés et opprimés sans relâche ; aussi loin que je remonte dans le passé de mes ancêtres, je n'y vois rien que des larmes, du désespoir, de la sauvagerie. Et tout cela s'est gravé dans l'âme et transmis de père en fils, de mère en fille, comme unique héritage ; si vous pouviez voir l'âme d'un véritable paysan ou d'un ouvrier, vous seriez effrayé. Avant d'être nés, nous avons déjà été mille fois insultés ; et quand nous arrivons à la vie, nous tombons du coup dans un terrier, où nous buvons l'outrage, où nous mangeons l'offense, et nous revêtons d'affronts. On raconte qu'il y a trois ans, vous avez fait fustiger des paysans : vous rendez-vous compte de ce que vous avez fait ? Vous pensez que vous avez mis seulement leurs reins à nu ; mais, en réalité, c'est leur âme millénaire et esclave que vous avez dévoilée ; vous avez fouetté de verges des morts et des êtres encore à naître. Et quoique vous soyez général, Monsieur, je vous le dis sans embarras, vous êtes indigné de toucher cette chair des lèvres ! Et vous l'avez fait fustiger ! Et quand les ouvriers sont venus à vous, c'étaient des esclaves ressuscités, ceux qui ont bâti les pyramides ; ils sont venus à vous avec leurs peines et leurs souffrances antiques, pour que vous leur donniez des conseils pleins de sagesse et d'amour, vous qui êtes un homme éclairé et humain du vingtième siècle. Et qu'avez-vous fait ? Il faut supposer que votre grand-père pratiquait la traite d'esclaves, qu'il les frappait avec son fouet et qu'il vous a transmis cette stupide haine pour le peuple ouvrier. Monsieur ! Le peuple se réveille ! Jusqu'à maintenant, il n'a fait que se tourner de côté et d'autre dans son sommeil, et déjà les soutiens de votre maison craquent. Attendez et vous verrez ce qui se passera quand il sera tout à fait éveillé. Mes paroles sont nouvelles pour vous, pensez-y ! Et maintenant, je vous demande pardon de vous avoir retenu si longtemps, et au nom de la « fraternité » je souhaite que vous ne soyez pas tué. »

– On me tuera ! se dit le gouverneur, en posant la lettre.

Il se rappela l'ouvrier Iégor avec ses cheveux noirs ; puis il se plongea dans quelque chose d'informe et d'immense comme la nuit. Il n'avait plus de pensée, de révolte, ni d'acquiescement. Il s'appuyait contre le poêle froid – la lampe brûlait derrière un abat-jour de soie verte – dans une chambre éloignée, Zizi jouait du piano – le petit chien de Marie Pétrovna jappait, on le taquinait sans doute.

La lampe brûlait.

VII

Les jours suivants, il n'y eut pas de lettres. Comme par un accord tacite, le flot des missives cessa brusquement et ce silence était bizarre et inquiétant. Mais on sentait qu'il n'était pas définitif et que quelque chose se continuait dans l'ombre. Les jours s'écoulaient rapidement, on eût dit le battement de grandes ailes ; quand elles s'élevaient, c'était le jour, quand elles s'abaissaient, c'était la nuit.

Par deux fois, Marie Pétrovna reçut le préfet de police en dehors des heures réglementaires. Dans l'antichambre, tout en tendant le bras à l'huissier pour que celui-ci l'aidât à retirer son pardessus, le Brochet l'avait énergiquement insulté, à mi-voix, comme s'il eût parlé à son cocher ou à un agent de police. Une fois débarrassé de son paletot, il enfila un gant frais ; alors penchant sa tête pommadée vers les favoris de l'huissier et découvrant ses dents pourries et jaunies par le tabac, il lui fourra dans le nez sa main à demi-gantée. Il agit à peu près de même avec le valet de pied, mais un peu moins brutalement. Puis, il prit un air grave et distingué et se mit à monter l'escalier.

Autrefois il n'aurait jamais osé réprimander les domestiques du gouverneur sous quelque prétexte que ce fût ; mais maintenant il trouvait que c'était permis, indispensable même. La veille on avait arrêté devant le perron de la maison un individu très suspect : le matin, il avait suivi de loin le gouverneur dans sa promenade à pied ; puis il avait rôdé autour de la maison toute la journée ; il avait regardé par les fenêtres inférieures, s'était caché derrière les arbres ; bref, sa conduite était plus qu'étrange. On n'avait rien trouvé sur lui, ni armes, ni papiers ; il se nommait Patikof, pelletier de profession ; mais il donna des explications embrouillées et fausses ; il assurait qu'il n'avait passé qu'une fois devant la maison ; il semblait cacher quelque chose. En perquisitionnant dans son atelier, on ne trouva que des débris de pelleterie, une jaquette de lycéen presque achevée, les instruments nécessaires à sa profession, des ustensiles de cuisine ; nulle arme, point de papiers ; le cas était très bizarre et ne fut jamais éclairci. Et personne dans la maison du gouverneur, ni l'huissier, ni les valets de chambre, n'avait remarqué cet homme qui avait passé une dizaine de fois devant la grande porte d'entrée ; pendant la nuit, un agent de police avait essayé d'ouvrir la porte ; elle n'était pas fermée à clef ; il était entré dans la loge de l'huissier, avait fait une marque au mur pour prouver qu'il était réellement parvenu jusque-là et était sorti sans être remarqué. L'huissier expliqua le fait par un oubli de sa part ; mais une pareille négligence était impardonnable au moment où tout le monde prévoyait un attentat.

– Je suis dans une position impossible, Excellence, disait le préfet de police à Marie Pétrovna, en serrant sur sa poitrine son gant blanc, Son Excellence refuse positivement toute escorte, et ne veut même pas en entendre parler ; les agents sont éreintés, passez-moi l'expression, à force de suivre Son Excellence ; et cela, sans résultat, car n'importe quel vaurien peut se poster derrière une haie ou à un coin de rue et blesser Son Excellence avec une pierre. Et, s'il arrive quelque chose, ce qu'à Dieu ne plaise, on dira : c'est la faute du préfet de police, le préfet de police n'a pas pris de mesures ; et pourtant, que puis-je faire contre la volonté expresse de Son Excellence ! Mettez-vous à ma place, Excellence, pardonnez-moi l'expression ; j'ai envie de donner ma démission, Excellence !

Il se trouva que le Brochet avait un plan déjà tout élaboré ; le gouverneur devait prendre un congé de deux ou trois mois, pour cause de santé et s'en aller aux eaux, à l'étranger ; en ville, tout semblait calme ; à Pétersbourg on était bien disposé envers le gouverneur et on ne ferait pas d'objections.

– Sinon, je ne réponds de rien, Excellence ! termina le préfet avec sentiment. Il y a une limite aux forces humaines, Excellence ; et je vous le dis en toute franchise : autrement, je ne réponds de rien. Dans deux ou trois mois, tout sera oublié et Son Excellence pourra revenir sans danger. Vers cette époque, une troupe italienne d'opéra viendra ici, nous irons l'entendre et Son Excellence pourra se promener tant qu'elle voudra !

– Dieu sait quelle troupe ce sera ! dit Marie Pétrovna, mais elle acquiesça à la proposition du préfet de police, car elle était très inquiète.

Dans l'antichambre le préfet se remit à morigéner le portier, mais à haute voix, cette fois-ci, sans se gêner :

– Tu verras ! Je te couperai tes favoris, vilain museau ! Tu as des favoris comme un conseiller d'État, fils de chien, et tu crois qu'on peut laisser la porte ouverte. Je te ferai danser !

Le même soir, Marie Pétrovna demanda à son mari de l'accompagner à l'étranger avec ses enfants.

– Je t'en prie, Pierre, dit-elle d'une voix lassée en fermant ses grandes paupières jaunâtres ; la peau basanée de ses joues poudrées faisait des plis tombants, comme ceux des chiens couchants. Tu sais que je souffre constamment des reins ; Karlsbad m'est indispensable.

– Tu ne peux donc pas y aller avec les enfants sans moi ?

– Mais non, Pierre, à quoi penses-tu ? Je serais trop inquiète sans toi. Je t'en prie, viens avec nous.

Elle ne disait pas pourquoi elle serait inquiète, car c'était compréhensible. Pierre Ilitch consentit volontiers au voyage ; elle en fut très étonnée, car dans les circonstances habituelles, il suffisait qu'elle demandât quelque chose pour qu'il discutât et répliquât.

– Ce ne sera pas de la lâcheté, non, pensa le gouverneur. Ce n'est pas moi qui ai eu l'idée de ce voyage ; peut-être a-t-elle effectivement besoin de se soigner, elle est jaune comme un citron. Il leur reste assez de temps s'ils veulent me tuer ; et s'ils n'agissent pas c'est que c'est moi qui aurai eu raison. Et alors je donnerai ma démission, je m'installerai à la campagne et ne m'occuperai plus que de mes serres.

Mais tout en pensant ainsi, il ne croyait ni au voyage, ni aux serres ; peut-être était-ce pour cela seulement qu'il avait consenti à partir. Du reste, il perdit aussitôt de vue ce projet, comme s'il n'était pas question de lui, et de jour en jour il remettait l'envoi de la demande de congé ; il se fixait une date pour l'écrire, l'oubliait et s'en souvenait deux jours après. De nouveau, il décidait d'accomplir cette formalité et cependant il négligeait opiniâtrément de s'en occuper. Tranquillisée, Marie Pétrovna ne le pressait pas trop de partir ; ses toilettes d'automne n'étaient pas prêtes, et les discussions avec les couturières demandaient un certain temps. Zizi, non plus, n'avait pas de robes.

Dans le silence qui entourait le gouverneur depuis le brusque arrêt des lettres, il y avait quelque chose d'inquiétant, comme une vague et sourde menace. On aurait dit la sensation qu'on éprouve dans une chambre vide, quand des gens parlent derrière la cloison et qu'on ne distingue pas leurs paroles. Et lorsqu'arriva une lettre – une dernière lettre attardée – il la prit comme s'il l'attendait ; il s'étonna seulement de ce qu'elle fût contenue dans une enveloppe étroite, de couleur tendre, avec un myosotis au revers. Elle n'était pas venue de jour, comme les autres, qui avaient été mises à la boîte le soir ou la nuit, mais par le courrier du soir, par conséquent elle avait été envoyée quelques heures auparavant. La petite feuille de papier était aussi de couleur tendre et ornée d'un myosotis bleu ; l'écriture était soignée, nette, mais le bout des lignes descendait souvent, comme si celle qui avait écrit n'était pas très sûre de savoir correctement partager les mots en syllabes et préférait les écrire en entier, en toutes petites lettres. Parfois, bien avant d'arriver au bord du papier et prévoyant que la place ferait défaut, la ligne commençait à s'incliner et cela faisait songer à une pente neigeuse, où les enfants glissent à la queue leu leu, les plus petits en avant. La lettre était signée : « Une lycéenne ».

« Hier, j'ai rêvé de votre enterrement et je me décide à vous écrire, quoique ce soit mal et que j'offense ainsi les pauvres ouvriers et les petites filles que vous avez tués. Mais vous êtes aussi un homme malheureux, digne de pitié ; c'est pourquoi je vous écris cette lettre. J'ai rêvé qu'on vous avait placé non pas dans un cercueil noir, comme on le fait pour les vieillards et en général pour les grandes personnes, mais dans un blanc cercueil de jeune fille ; des agents de police vous portaient, sur leurs têtes, le long de la « rue de Moscou ». Et derrière le cercueil, il n'y avait que des agents de police et aucun de vos parents, ni personne d'autre ; et les fenêtres et les portes, devant lesquelles on vous portait, étaient toutes fermées par des volets, comme la nuit. C'était si terrible que je me suis réveillée et me suis mise à réfléchir. Et ce sont ces pensées que je vous écris. J'ai pensé qu'en effet, vous n'aviez personne pour vous pleurer quand vous serez mort. Ceux qui vous entourent ne sont que des égoïstes au cœur sec qui ne s'intéressent qu'à eux ; et ils seront peut-être contents de votre mort, parce qu'ils désirent prendre votre place. Je ne connais pas votre femme, mais je ne crois pas qu'on puisse trouver des personnes compatissantes et bonnes dans votre monde pourri par la vanité et la soif des plaisirs. Quant aux gens honnêtes, aucun d'eux ne vous accompagnera au cimetière, car ils sont tous révoltés par votre manière d'agir envers les ouvriers ; j'ai même entendu dire que l'on voudrait vous exclure du club, mais qu'on craint les autorités. Le service funèbre n'a aucune importance, car noire évêque, comme vous le savez vous-même, célébrerait une messe de requiem pour un chien, si on le payait en conséquence. Et alors, j'ai pensé que vous n'ignoriez rien de tout cela, sans même que je vous l'écrive ; mais j'ai eu terriblement pitié de vous, comme si je vous connaissais personnellement. Je ne vous ai vu que deux fois : une fois, à la « rue de Moscou », il y a bien longtemps ; puis, à notre fête scolaire, à laquelle vous avez assisté avec l'évêque ; mais vous ne pouvez pas vous souvenir de moi. Je vous jure que je prierai pour vous, que je vous pleurerai comme si j'étais votre fille, car j'ai grand pitié de vous.

P.-S. – Brûlez cette lettre, s'il vous plaît. J'ai grand', grand'pitié de vous. »

Pierre Ilitch prit la petite fille en affection. Très tard dans la nuit, avant d'aller se coucher, il traversa le grand salon obscur et sortit sur le balcon, d'où il avait fait signe avec son mouchoir blanc. Le temps était froid et pluvieux et la nuit assombrie par une épaisse brume automnale ; l'opacité des ténèbres faisait sentir combien le soleil était lointain et caché pour longtemps. À gauche, devant le perron, deux grandes lanternes à réflecteurs brillaient, leur éclat perçait l'ombre sans la dissiper ; elle restait épaisse, pesante, immobile. La ville dormait déjà sans doute, car, dans toute la rue, il n'y avait point de fenêtre éclairée ; personne ne passait. Quelque chose reluisait vaguement sous un réverbère, une flaque d'eau peut-être. Le lycée était vide depuis longtemps ; sans doute la petite fille, après avoir étudié ses leçons, s'était couchée et dormait quelque part, dans cette étendue noire et pleine de silence. C'est de là que venaient les menaces et les lettres, c'est de là que viendrait la mort – mais c'est là qu'il y avait une enfant endormie, qui le pleurerait.

Comme tout était calme, sombre, paisible !

VIII

Quinze jours avant sa mort, le gouverneur reçut un paquet enveloppé de toile, d'une valeur déclarée de trois roubles. Lorsqu'on l'ouvrit, on trouva une machine infernale, un engin plein de poudre et disposé de manière à sauter quand on le toucherait. Mais l'appareil était si mal combiné par les mains d'un amateur maladroit, qui n'avait sans doute jamais vu de projectiles de ce genre, qu'aucune explosion n'était possible. Et il y avait quelque chose de cruel et de terrifiant dans cette naïveté : on eût dit que la mort étendait ses tentacules et les agitait dans les ténèbres, comme si elle était aveugle. Le préfet de police donna l'alarme et Marie Pétrovna insista auprès de son mari pour qu'il envoyât le jour même à Pétersbourg sa demande de congé ; elle se rendit en personne chez la couturière et écrivit de son propre chef une lettre en français, pleine de terreur, à son fils.

Et, sans que personne eût pu dire quand cela arriva, si c'était ce jour-là, un peu avant ou un peu après, une transformation étrange et absolue se produisit chez le gouverneur et lui donna un nouvel aspect. Il était bien le même, mais son visage et les jeux de sa physionomie exprimaient la vérité ; c'est pourquoi il semblait que sa figure était nouvelle. Il souriait de ce qui le laissait indifférent jadis, il était mécontent de ce qui lui plaisait autrefois, indifférent et ennuyé là où il manifestait jadis de l'intérêt et de l'attention. Il devint aussi bizarrement véridique dans ses sentiments et ses manières : il se taisait quand il en avait envie, s'en allait s'il le désirait, se détournait d'un interlocuteur dès que celui-ci devenait ennuyeux. Et ceux qui, pendant de longues années, avaient été sûrs de posséder son affection et son amour, de connaître tous ses sentiments et son humeur, se sentirent soudain abandonnés, mis de côté et tout à fait ignorants de ce qu'il éprouvait. Subitement, tous les sourires, les saluts, les poignées de mains, les regards amicaux disparurent en même temps que les petites parenthèses habituelles du discours : les « s'il-vous-plaît », « mon ami », « mon cher », « vous me rendez un grand service » – tout enfin ce qui constituait la figure coutumière du gouverneur – et les gens étaient frappés de cette métamorphose étrange et terrible. C'est ainsi que les fauves habitués à croire que les vêtements de l'homme constituent l'homme, sont étonnés quand ils le voient nu.

Dès que le gouverneur eut cessé d'être poli, le lien qui l'unissait depuis tant d'années à sa femme, à ses enfants, à son entourage, se brisa tout à coup, comme s'il eût été formé de sourires et de phrases. Pierre Ilitch ne les jugeait pas, il ne se mit pas à les haïr ; il ne trouva même rien de repoussant en eux ; ils étaient simplement tombés de son âme, comme les dents pourries tombent de la bouche, les cheveux de la tête, sans douleur, tranquillement, insensiblement. Il était mortellement isolé, lui qui avait rejeté le manteau de la politesse et de l'habitude, mais il ne s'en apercevait même pas, comme si pendant tous les jours de son existence longue et agitée, la solitude eût été son état naturel et inviolable, sa vie même.

Le matin, il oubliait de dire bonjour, le soir, de prendre congé ; et quand sa femme lui tendait sa main à baiser, et sa fille Zizi son front lisse, il semblait ne pas comprendre ce qu'il devait faire de cette main et de ce front. Lorsque des visites, le vice-gouverneur et sa femme, ou Koslof, arrivaient pour le déjeuner, il ne se levait même pas pour les accueillir, ne prenait pas un air enchanté et continuait simplement à manger. À la fin des repas, il ne demandait pas à Marie Pétrovna la permission de se lever, il s'en allait sans mot dire.

– Où vas-tu, Pierre ? reste avec nous, nous nous ennuyons. On va servir le café ! disait-elle.

Il répondait d'un ton calme.

– Non, j'aime mieux aller chez moi. Je ne veux pas de café.

Et l'impolitesse des paroles disparaissait sous la simplicité et la sincérité du ton. Le gouverneur refusa de regarder les robes neuves de Zizi ; il n'apparut plus au salon, laissant à sa femme le soin d'inventer des excuses ; il cessa complètement de s'occuper des affaires et d'entendre les rapports. Cependant, il donnait audience une fois par semaine, et écoutait chaque solliciteur attentivement, avec un intérêt presque impoli, en le toisant de la tête aux pieds.

– Vous êtes certain que ça vaudra mieux ainsi ? demandait-il ; et après avoir reçu une réponse affirmative du visiteur étonné, il promettait d'exaucer sa requête. À ce moment-là, il oubliait probablement que ses pouvoirs étaient limités ou s'en faisait une idée exagérée, car souvent il s'occupa d'affaires qui n'étaient pas de son ressort ; par la suite, le nouveau gouverneur eut beaucoup de mal à démêler les imbroglios qui se formèrent, d'autant plus que bon nombre de ces causes avaient un caractère d'intrigue inadmissible.

Pour tâcher de dissiper un peu la mauvaise humeur de son mari, Marie Pétrovna venait parfois dans le cabinet de travail du gouverneur, lui tâtait le front pour voir s'il avait la fièvre et se mettait à parler voyages. Mais il la renvoyait, simplement, sans politesse.

– C'est bon, va-t'en. J'ai envie de rester seul. Car enfin, tu as tes appartements, et moi, je ne vais pas chez toi !

– Comme tu as changé, Pierre !

– Sottise ! Sottise ! disait-il de sa voix de basse sonore et impérieuse, et il s'adossait au poêle froid. Va-t'en, va-t'en, et fais taire ton chien ; on n'entend que lui dans la maison.

De toutes les anciennes habitudes de Pierre Ilitch il ne lui était resté que celle des cartes ; deux fois par semaine il jouait au whist avec un plaisir évident ; il avait l'air sérieux et affairé ; quand son partenaire se trompait, il le réprimandait d'une voix tonnante :

– À quoi pensez-vous donc, Monsieur ? Car, moi, j'ai joué carreau ! grondait-il avec fracas, en roulant les r ; dans le petit salon, Marie Pétrovna saisissait au vol les paroles de son mari et souriait avec une condescendance lassée, en hochant la tête. Ses joues bistrées pendaient comme celles d'un chien couchant, la poudre de riz tombait de son visage et ses grandes paupières jaunes et bombées s'abaissaient, comme les volets de fer d'un magasin, et se relevaient de nouveau. Et, en cet instant, il lui semblait impossible à elle comme aux autres, qu'un homme qui jouait aux cartes pût être tué.

Et pendant les quinze jours qui précédèrent sa mort, le gouverneur attendit. Il avait sans doute encore d'autres pensées en tête, sur les choses habituelles, coutumières et passées, les vieilles pensées de l'homme dont le cerveau et les muscles se sont depuis longtemps durcis ; sans doute il pensait aux ouvriers et à la journée triste et terrible ; mais toutes ces réflexions, ternes et superficielles, étaient fugaces et disparaissaient rapidement de sa conscience comme les rides d'une rivière caressée par une légère brise. De nouveau et toujours, régnait l'attente silencieuse, calme et noire comme une eau dormante. Il lui semblait que c'était la politesse et l'habitude qui l'avaient lié aux pensées, comme aux gens ; et quand la politesse et l'habitude s'étaient effondrées, les pensées avaient disparu. Il était aussi solitaire dans son âme que dans sa maison.

Il attendait. Comme auparavant, il se levait à sept heures, faisait ses ablutions à l'eau froide, buvait du lait, et à huit heures, il accomplissait sa promenade habituelle ; chaque fois qu'il franchissait le seuil de sa demeure, il se disait que c'était la dernière fois, et la promenade se transformait en une chute incessante dans un gouffre inconnu. Revêtu de son manteau de général doublé de rouge, ses larges épaules redressées, l'air martial, sa tête grise un peu rejetée en arrière, il errait pendant deux heures dans la ville, devant les petites maisons noircies par la pluie, le long des palissades et des placettes interminables, devant les magasins et les boutiques dont les employés, transis de froid, saluaient avec respect. Sous le blond soleil d'octobre, comme sous la pluie fine et ennuyeuse, il se montrait invariablement dans les rues, fantôme majestueux et triste qui allait à grands pas fermes, cadavre qui cherchait sa tombe, d'une démarche solennelle.

Il posait ses pieds dans la boue et les flaques d'eau où la doublure rouge de son manteau se reflétait, il traversait tout droit les rues, sans faire attention aux sergents de ville qui le saluaient, ni aux voitures qu'il arrêtait d'un geste. Et si l'on avait pu suivre d'un point élevé son chemin d'attente journalière, on aurait vu que c'était un enchaînement de lignes droites et courtes qui s'enfonçaient les unes dans les autres et s'embrouillaient, telle une pelote piquante et brisée.

Il ne regardait pas souvent de côté et jamais en arrière ; et c'est à peine s'il voyait quelque chose devant lui, tant il était englouti par le gouffre sans fond de la noire attente ; il laissait bien des saluts sans réponse et bien des yeux effrayés se levaient sans s'arrêter sur son regard absent, aveugle et fixe. Longtemps après qu'il eût été tué, quand le nouveau gouverneur, un bel homme très poli, parcourait la ville en voiture au grand galop, entouré d'une escorte de Cosaques, beaucoup de gens se rappelaient l'étrange fantôme, que la vieille loi avait créé : un homme à cheveux gris, vêtu d'un manteau de général, qui marchait droit devant lui, dans la boue, la tête rejetée en arrière et le regard perdu au loin, tandis que la doublure de soie rouge se reflétait dans les flaques d'eau immobiles.

La foule qui se pressait dans les artères principales le fatiguait par sa curiosité importune ; et il préférait s'en aller par les ruelles étroites et sales avec leurs petites maisons basses à trois fenêtres, leurs palissades et leurs passerelles de planches glissantes, tenant lieu de trottoirs. Pendant ces journées – les dernières de sa vie – il avait constamment le même désir ; se rendre à la « rue des Fossés » et la traverser complètement, d'une extrémité à l'autre, aller et retour ; mais il ne se décida pas à le faire. C'était embarrassant et terrible : plus terrible que la mort. Et vaguement, il s'étonnait de ce qu'en septembre il passait dans cette rue sans peur, avec simplicité, et de ce qu'il souhaitait rencontrer quelqu'un à saluer.

Mais il y avait une rue à laquelle il revenait chaque jour et qu'il traversait sans hâte ; il ressemblait alors à un vieux général, bon enfant et un peu toqué, qui se promènerait tranquillement Cette rue conduisait au lycée des jeunes filles, et le matin, vers neuf heures, il y passait un grand nombre de lycéennes. Ce fut lui qui salua le premier, avec sérieux et respect, les écolières, même les plus petites, celles qui portaient de courtes robes brunes s'arrêtant aux genoux, celles qui avaient de menues jambes minces et d'immenses serviettes ; elles lui répondaient avec embarras. Les yeux myopes du gouverneur ne distinguaient pas les visages, et toutes ces figures, celles des petites comme des grandes, lui semblaient des fleurs qui auraient eu des chapeaux. Lorsque la dernière avait passé, il souriait doucement du côté gauche de sa bouche et prenait un air rusé ; mais, au tournant de la rue, il redevenait le cadavre qui cherche sa tombe, d'une démarche solennelle.

Les premiers jours, sur l'ordre du préfet de police, deux agents le suivirent à quelque distance ; le gouverneur ne les remarqua pas, car il ne se retournait jamais. D'abord, ils s'acquittèrent consciencieusement de leur tâche, répétant toutes ses allées et venues capricieuses ; mais bientôt ils se mirent à rester en arrière ; c'était lassant de suivre un homme qui revenait sans cesse aux endroits les plus dangereux. Et les agents s'arrêtaient chez des boutiquiers de leur connaissance, ou bavardaient avec les sergents de ville, s'ils ne se reposaient pas dans un cabaret ; parfois, ils perdaient de vue le gouverneur pendant une heure entière.

– Peu importe, il n'y a rien à faire ! disait pour se justifier l'un d'eux qui ressemblait à un membre du consistoire : il avait un maigre visage rasé de près et était sobre au plus haut degré. (Il mâchait vivement un petit pâté chaud, et, avant même d'avoir avalé le premier, il en prenait un autre sous le couvercle de métal.) – S'il est retombé en enfance et s'il va lui-même se jeter dans la gueule du loup, que pouvons-nous y faire, je vous le demande ?

– C'est pour la forme, répondit le cabaretier.

– Et le Brochet, qu'en pense-t-il ? demanda le second agent, un homme barbu et maussade ; il avait l'air d'un ancien propriétaire qui se serait ruiné en boisson ; mais, en réalité, c'était un escroc malchanceux. À grandes bouchées, comme un chien, il dévorait du jambon, du hareng, tout ce qui lui tombait sous la main ; il semblait manger avec lenteur, tandis qu'en réalité il avalait rapidement et beaucoup. De plus, il buvait de l'eau-de-vie ; mais jamais il n'était ivre ni rassasié.

– Hé quoi ? Le Brochet comprend bien, lui aussi, que nous ne sommes pas des anges des deux.

– C'est comme les chevaux dans un incendie : on veut les emmener, mais ils résistent ; ils aiment mieux griller que de marcher, reprit le cabaretier.

– Nous ne sommes pas des anges, répéta le premier agent en soupirant.

C'est vrai, ils ne ressemblaient pas à des anges, ces deux êtres médiocres et obscurs, et leurs mains n'étaient pas capables de repousser la montagne qui allait écraser un homme.

Au retour, en franchissant le seuil de sa maison, le gouverneur n'éprouvait aucune joie, il ne pensait même pas qu'il resterait en vie un jour de plus ; il acceptait le fait sans y réfléchir, comme s'il eût oubliée la signification de sa promenade ; et il attendait le lendemain avec un sombre sentiment d'expiation. Et les jours vides, oisifs, passaient terriblement vite, mais le temps n'avançait pas : on eût dit que la machine qui donnait des jours nouveaux s'était gâtée et qu'elle servait sans cesse le même jour. Le calendrier de la table à écrire, que le gouverneur effeuillait toujours lui-même, la veille le plus souvent, comme pour faire venir plus vite le jour suivant, s'était figé à une date ancienne, depuis longtemps passée ; parfois, en jetant les yeux sur ce chiffre noir et froid, il ne se rendait pas compte de ce que c'était ; il sentait une brûlure à la poitrine, une sorte de nausée et détournait vite son regard.

– Sottise ! se disait-il avec colère. Maintenant, quand il restait seul, il prononçait souvent des mots ordinaires, sans les relier à aucune pensée déterminée ; le plus souvent, c'était : « sottise » et « honte ».

Il n'avait pas peur de la mort et se la représentait sous son aspect extérieur seulement : on tirerait sur lui, il tomberait ; puis viendraient ses funérailles, en grand apparat ; derrière son cercueil, on porterait ses décorations, et c'était tout. Il voulait l'accueillir avec courage. Il ne pensait jamais à la survivance possible, à une autre vie ou à un jugement ; pour lui, tout finissait sur la terre. Il mangeait avec son appétit habituel et il dormait bien, sans cauchemar.

Mais une nuit c'était trois jours avant qu'il fût assassiné – il eut sans doute un rêve pénible, car il fut réveillé par ses propres gémissements, sourds et rauques. En entendant sa voix, qui lui parut extraordinaire et terrible, et en ouvrant les yeux sur les ténèbres, il ressentit une terreur et une lassitude mortelles. Remontant la couverture sur sa tête, il se pelotonna sur lui-même, mit ses genoux anguleux à la hauteur de son visage et, comme s'il eût parcouru en une seconde toute la distance qui sépare la vieillesse de l'enfance, il se mit à pleurer amèrement, le visage enfoui dans son oreiller.

– Ayez pitié de moi ! Venez à moi, n'importe qui ! Pitié ! pitié ! oh ! oh ! oh !

Mais son grand vieux corps et sa voix rude et sonore lui redevinrent familiers bientôt ; à travers ses larmes, il prit conscience de lui-même et de sa pose étrange ; il se tut.

Longtemps, il resta silencieux, toujours pelotonné sur lui-même et sous la couverture ; ses yeux grands ouverts regardaient l'obscurité.

Le lendemain matin, il remit son uniforme de général : et deux jours encore, la doublure de soie rouge se refléta dans les flaques d'eau ; le grand fantôme majestueux, le mort qui cherchait sa tombe d'une démarche solennelle, erra dans les rues.

.   .   .   .
 .   .   .   .   .   .

L'événement fut simple et court, comme une scène de cinématographe. À un carrefour, près d'une petite place boueuse où l'on vendait du pain le vendredi, une voix hésitante interpella le gouverneur.

– Excellence !

– Hein ?

Il s'arrêta et tourna la tête : deux hommes qui sortaient de derrière un mur, traversaient la rue en traînant les pieds dans la boue et se dirigeaient vers lui ; l'un était chaussé de bottes à hautes tiges, l'autre de bottines, sans caoutchoucs ; le bas de ses pantalons était retroussé ; il devait être transi de froid : son visage était d'un jaune verdâtre, et ses cheveux blonds semblaient se détacher de la tête. De sa main gauche, il tenait une feuille de papier pliée ; l'autre main était plongée au fond d'une poche.

Et aussitôt, ils comprirent, le gouverneur, que la mort venait, et eux, que le gouverneur le savait.

– Excusez-nous ! dit l'un, et son visage se contracta en une affreuse grimace.

– Une supplique ? À propos de quoi ? demanda le gouverneur, sans conviction ; mais il lui semblait qu'il était obligé de jouer son rôle jusqu'au bout. Cependant il n'étendit pas la main pour prendre la feuille.

Tout en gardant dans la main gauche le papier qui ne trompait personne, sans même le tendre au gouverneur, l'homme sortit avec effort un revolver, qui s'était accroché à la doublure de sa poche.

Le gouverneur jeta un regard oblique autour de lui ; il vit une place sale et déserte, avec des brindilles de foin répandues dans la boue, un mur. Qu'importait, il était trop tard ! il poussa un soupir court, mais terriblement profond, et se redressa, sans peur mais sans défi ; il y avait sur son visage une supplication insaisissable et soumise, et de la douleur. Mais il n'en eut pas conscience lui-même, les deux hommes non plus. Il tomba, frappé de trois coups de revolver qui se suivirent sans interruption et se fondirent en une seule détonation compacte et violente.

Trois minutes après, accourut un agent de police, suivi de détectives et d'autres personnes ; on eût dit que tout le monde s'était caché à proximité de la scène pour en attendre la fin. On couvrit le corps. Dix minutes plus tard, le fourgon de l'hôpital, orné d'une croix rouge, était déjà là, et dans toute la ville les questions et les réponses s'entre-croisaient, bruyantes comme des pierres qu'on lancerait.

– Tué ?

– Roide !

– Par qui ? Sont-ils arrêtés ?

– Non, ils se sont enfuis. Des inconnus. Trois.

Et toute la journée, on parla avec animation de l'assassinat, les uns le réprouvant, les autres s'en réjouissant. Mais dans toutes ces conversations, quelles qu'elles fussent, on sentait la légère agitation d'une grande peur ; quelque chose d'immense et de destructeur comme un cyclone avait passé au-dessus de la vie, et derrière les détails mesquins de l'existence, les samovars, les lits, les petits pains, l'image menaçante de la Loi Vengeresse s'était dressée dans le brouillard.

La petite lycéenne pleura.